ニッポンブンガク

[日] 清水义范 —— 著
邱惠悠 —— 译

你一定想知道的日本文学简史

四川文艺出版社

图书在版编目（CIP）数据

你一定想知道的日本文学简史 / (日) 清水义范著；邱惠悠译. — 成都：四川文艺出版社，2020.6
ISBN 978-7-5411-5514-7

Ⅰ.①你… Ⅱ.①清… ②邱… Ⅲ.①日本文学—文学史 Ⅳ.①I313.09

中国版本图书馆CIP数据核字（2020）第019265号

GAKKODEWA OSHIETEKURENAI NIHON BUNGAKU-SHI
Copyright © 2013 by Yoshinori SHIMIZU
First published in Japan in 2013 by PHP Institute, Inc.
Shimplified Chinese translation rights arranged with PHP Institute, Inc.
through Bardon-Chinese Media Agency

2013年日本株式会社PHP研究所首次出版，授予中文简体翻译版权，由博达著作权代理有限公司代理

著作权合同登记号　图进字　21-2016-163

NI YIDING XIANGZHIDAODE RIBEN WENXUE JIANSHI

你一定想知道的日本文学简史

［日］清水义范　著　邱惠悠　译

出品人	张庆宁
策划	刘芳念
责任编辑	苟婉莹
封面设计	赵海月
内文设计	史小燕
责任校对	蓝海
责任印制	崔娜

出版发行	四川文艺出版社（成都市槐树街2号）
网址	www.scwys.com
电话	028-86259287（发行部）　028-86259303（编辑部）
传真	028-86259306
邮购地址	成都市槐树街2号四川文艺出版社邮购部　610031
排版	四川最近文化传播有限公司
印刷	四川华龙印务有限公司
成品尺寸	145mm×210mm　开本　32开
印张	8.25　字数　190千
版次	2020年6月第一版　印次　2020年6月第一次印刷
书号	ISBN 978-7-5411-5514-7
定价	48.00元

版权所有·侵权必究。如有质量问题，请与出版社联系更换。028-86259301

目录

前　言　这些故事，让你轻松看懂日本 001

第一部　日本上古文学，为什么用中国汉字写？ 001

第一章　《古事记》塑造了日本思想的原型 003
神话，就是日本诞生的故事 / 把身体缺的和多的部分结合，就生出这个岛国 / 不管做什么，都能生出神来 / 最早的日本文学，却是用中国汉字写的 / 根据历史，编排虚构情节 / 日本武尊是征服天下的悲剧英雄 / 发生在人身上的事，也会发生在神身上

第二章　《源氏物语》是国家教养的根基 023
像连续剧一样，让人舍不得转台 / 能满足对各种恋爱的绮想 / 到处留情乱爱却不打乱故事节奏，原来一开始就设计好了 / 不准学习的女子，写出令人惊叹的作品 / 用敬语写作，创造出优雅的民族 / 没看过也一定听过，口传形成的民族精神

第三章　古人很早就知道：暧昧最美 039
和歌，就是当时贵族的情书 / 古人的和歌，怎么让现代人看懂？ /《源氏物语》如果发生在现代…… / 古人很早就知道：朦胧最美 / 用平凡的文字，写出诚挚的关心

第四章　随笔不是随便写，是高手腕的骂人 057
落魄者自我感觉良好的代表作：《枕草子》／在迷惘中漂泊：《方丈记》／集所有恶帖之大全：《徒然草》／男人的牢骚、女人的自豪，都在随笔中展现

第二部　吵、闹、低俗，愈能展现生命力的愈好看 075

第五章　人性欲望蠢蠢欲动：《平家物语》与《太平记》 077
日本人对于毁灭的美没有抵抗力／平家的故事是历史，也是文学／老头子的黄色书刊：古典情色文学／南北朝大乱斗，斗出战记文学／删掉第二十二卷才准发行／《平家物语》是能乐，《太平记》是歌舞伎

第六章　喜欢讲坏话的传统，游记文学 095
没有明媚风光，只有黑暗心事／旅途，也可能等于死途／流浪歌人的始祖纪贯之／乡下人看不懂的坏话／游历，都是由寂寞相伴的

第七章　西鹤与近松——大众文学的诞生 113
开《源氏物语》的玩笑，没想到大受好评／商人的故事，比贵族更有看头／最早开始描绘庶民的戏曲／殉情——追求毁灭之美／愈贴近生活，愈动人

第八章　《浮世澡堂》，超级畅销书的文学价值 131
语词游戏的名人，十返舍一九／活色生香的庶民日常，太迷人了／

只写平凡对话，竟写出当代畅销书／江户时代的言情小说，就是手机小说？／读本文学诞生，劝善惩恶

第三部　颓废、超现实、反资本的近现代文学 149

第九章　夏目漱石与森鸥外，谁更伟大？ 151
日本的世界级作家／许多人都在努力，只有夏目漱石做到了／英文让夏目漱石的文章走向现代／森鸥外一手救人，另一只手抚慰人心

第十章　只对自己有兴趣，和大家分享自己的黑暗面 167
自然主义，让作家只管写自己／白桦派是富家子弟不切实际的空谈／芥川、荷风与谷崎，近代文学三巨匠／川端康成是变态萝莉控吗？／太宰治与三岛由纪夫：无赖与神童

第十一章　战后文学，百花缭乱 183
战败打击了军人，却鼓舞了作家／什么都想写的前卫派与第三新人／华丽绚烂的明星作家们的活动／直木奖到底哪里重要？／日本文学衰退了？没这回事

第十二章　娱乐也是文字之花 201
什么是时代小说？／你不能错过的日本超人气作家／江户川乱步双面个性，松本清张揭露社会偏差／原来明治初期，就有科幻小说了

附录　日本文学年代简表 218

「前言」

这些故事，让你轻松看懂日本

谈到日本文学，许多人可能会立刻正襟危坐，但没多久就昏昏欲睡。一般人对日本文学的印象，就是艰深、难懂。实际上，日本文学一点儿也不难。

虽然，日本文学博大精深，想用一本书讲完日本文学的来龙去脉，是不可能的。不过，正因如此，才需要这本书。在这本书中，我整理了从日本上古时代，到近代的日本文学名著，你不但能看到《古事记》《源氏物语》《枕草子》等著名的经典，也能一窥近现代作家太宰治、三岛由纪夫及村上春树等大师的文字魅力。

另外，也有一些颠覆传统的想法。例如，一般人觉得很难懂的随笔文学[1]，看不懂是正常的，因为作者本身都不是随便写写。江户时代的庶民文学，实际上就和现在的手机小说[2]一样，尤其动

---

1 随笔文学是日本古典文学的体裁之一，流行于公元10世纪的日本平安中期以后，为贵族、文人使用汉文或平假名写成的感想、见闻、日记等。
2 以手机为载体的一种文学体裁，最初源于日本手机中传播的娱乐短信，内容简短而诙谐，多以奇幻文学、情爱小说为主，使读者达到消遣、放松的目的。

人凄美的爱情故事，或大起大落的商人经历，最受大众欢迎。

像这样从另一个角度看日本文学，不但能让你轻松了解日本文学的发展脉络，更能从中得到乐趣。

希望，读过这本书后，每个人对日本文学都能有基本了解，或许，你也可以说出一套有趣又生动的日本文学史。

第一部

日本上古文学,为什么用中国汉字写?

第一章
《古事记》塑造了日本思想的原型

公元712年完成的《古事记》,它不只是日本最早的历史书,也是日本文学的始祖。通常,每个民族都会有属于自己的别具特色的神话故事,而这些神话,正是他们生活的轨迹及文化传承的证据。比如说:这个国家是怎么形成的?族群是怎么繁衍的?诸如此类。因为拥有这些神话,让人更了解历史,甚至是自己。

换句话说,如果没有这些神话,就很难了解过去,人类也无法如此快速地进步,当然,世界就不会是现在这个样子了。

除了日本之外,对于天地的形成,许多民族也有属于自己的神话故事,这些故事不但精彩,还非常有趣。

例如,《圣经·旧约》中的《创世纪》就记载了万物的起源,以下是其中的一部分:

> 起初,神创造天地。地是空虚混沌,渊面黑暗;神的灵运行在水面上。神说:要有光,就有了光。神看光是好的,就把光暗分开了。神称光为昼,称暗为夜。有晚上,有早晨,这是头一日。

在《圣经》里清楚地记载,神在第一天让光出现,并分开了白天与黑夜。第二天神创造出空气,将空气称为天,空气以下称为水。到了第三天,神让水集中在一起,让陆地露出来,就有了地。在第六天时,神创造了人类(亚当与夏娃),这时天地已经完成了,于是神定第七天为安息日。

这样看来,《创世纪》的确很了不起,它明确记载天地万物的由来,把神创造天地写得如同一项惊人的建设工程。不过,世界上许多民族,对于天地的形成,都有自己的见解。以阿卡德帝国(编按:是人类史上第一个帝国,统治区域位于美索不达米亚,今伊拉克附近)为例,他们对于天地的由来,就有自己的神话《埃努玛·埃利什》[1]:

> 天之高兮,既未有名。
> 厚地之库兮,亦未赋之以名。
> 始有瀹虚,是其所出。
> 漠母彻墨,皆由滋生。
> 大浸一体,混然和同。
> 无纬萧以结庐,无沼泽之可。
> 于时众神,渺焉无形。

《埃努玛·埃利什》在描述天地之初时提到,天空还没被称为天,大地尚未被称为地时,这个世上只有创造天神的父亲阿普

---

[1] 《埃努玛·埃利什》是巴比伦的创世史诗,记载创世前是一片混沌,由两位原始神阿普苏(Abzu,一译为阿卜苏)与提阿玛特(Tiamat,一译为提马特)统治。阿普苏与提阿玛特生下男神拉赫木(Lahmu)及女神拉哈木(Lahamu)。

苏（淡水）及伺候他们的穆木（生命力），以及生产他们的母亲提阿玛特（盐水）。因天命未定，当时还没有草地，也看不到茂密的芦苇，更看不到任何神的影子。直到盐水与淡水混合在一起，天上众神才从水中诞生。

与《圣经·旧约》最大的差异是，在《埃努玛·埃利什》中可以看见，最初世界上没有神，神是从水里来的。

神话，就是日本诞生的故事

与《埃努玛·埃利什》一样，在《古事记》里也认为，一开始神是不存在的，后来才被创造或生出来。以下是我从《古事记》中撷取，谈到天地开始时的段落："天与地出现后，形成了高天原[1]，后来高天原上生出一位神明，也就是天之御中主神[2]，之后才出现高御产巢日神[3]、神产巢日神[4]。他们每一位都是独神[5]，被称为造化三神。"

我认为，与强调世界最初只有神存在的《圣经·旧约》比较，从神诞生开始的日本神话，想法比较具体。不过，这些故事不是先想出完整结构后才产生的，从各种神祇诞生的故事可以看得出来，

---

1 高天原在《古事记》中，是飘浮在云中的天上世界，住着一群由天照大神统治的神。
2 天之御中主神或称天御中主尊，为日本神话里开天辟地的神，亦是"造化三神"及"五柱之神"之首，代表宇宙的根本与主宰。
3 高御产巢日神又称高皇产灵神，别名作高木神。
4 神产巢日神又称神皇产尊，在《出云国风土记》被称为神魂命。
5 在日本神话中相对于夫妇配对组成的神祇来说，仅有单独一人之神称为"独神"。这种神祇代表大自然，形体抽象且没有性别。

作者在创作过程中必定参考了许多传说，最后完成了这本书。

提到《古事记》，让人印象最深刻的就是：不断出生的天神。例如：在造化三神后，诞生了天之常立神[1]、国之常立神[2]，接着丰云野神[3]也诞生了。

此后，开始出现拥有男女性别的神，以兄妹为一组陆续出生。在五组兄妹陆续诞生后，最后一组是哥哥伊邪那歧命[4]与妹妹伊邪那美命。

伊邪那歧命及伊邪那美命创造了日本国，不过，在创造国家之前，他们先为自己创造住的地方。当大地尚未成型前，他们向天神借了天之琼矛伸入海中，将海及泥搅拌，矛尖滴下的盐（也有一说是水）凝聚成岛，即"淤能碁吕岛"。

接着伊邪那歧命及伊邪那美命站在淤能碁吕岛上，思考如何创造出日本。

读到这里，有些人可能会因为听到太多天神的名字，觉得头昏脑涨。简单来说，就是神先被创造出来后，他们又亲手打造自己的居所，接着才在那个岛上创造了日本国土，这就是日本开创天地的神话故事。

1　天之常立神或称为天常立尊，是日本神话里五位别天津神之一。
2　国之常立神又称为国常立尊或国底立尊，是日本神话里神世七代之一。
3　丰云野神也记作丰斟渟尊，是日本神话里的神世七代的独神之一。
4　伊邪那歧命也称伊奘诺尊，是日本神话中开天辟地的神祇，他与妹妹伊邪那美命被视为第七代的兄妹神祇，并且是日本诸岛、诸神的创造者。

把身体缺的和多的部分结合，就生出这个岛国

前一段提到，伊邪那歧命及伊邪那美命站在淤能碁吕岛上，思考如何创造出日本。后来，伊邪那歧命问妹妹伊邪那美命："你的身体和我的有什么不一样吗？"

妹妹回答："我的身体缺了一部分。"

伊邪那歧命说："好巧，我的身体多了一部分，让我们试试看把我身体多的部分，和你身体缺少的部分合在一起，能不能生出一个国家吧？"妹妹也觉得可以试试看，因此，日本就被生出来了。

现在，可能连小学生都不相信这种说法，但在那个年代，就已经能用神话解说生育的概念，实在非常有趣。

不过，如果只是这样就能生出一个日本，也太小看《古事记》了，书里对两位天神生出日本的描述非常详细。当伊邪那歧命及伊邪那美命准备结合时，两个人先约定绕着国中之柱转，伊邪那歧命从左转，伊邪那美命从右转，绕行到两人相遇身体就能合而为一。

在相遇后，伊邪那美命便开口唱："真是开心，我竟然遇到了美少男。"伊邪那歧命接着唱："真是开心，我竟然遇到了美少女。"唱完，他们就交媾了。后来我才知道，日文中"交媾"这个词，最早就是来自《古事记》。

只不过，没想到他们生下来的，居然是没有骨头的蛭子神（或称为蛭儿、水蛭子、蛭子命或戎大神等）。因为蛭子神无法站立，他们便将这个孩子放入以芦苇编成的船，让他随着水流去。

他们想知道为什么无法顺利生出国家，因此去问天神。天神

回答:"你们相遇时由女方先讲遇到了美少年,之后才由男方讲遇到美少女,这样会招来厄运。这种时候,男方应该先讲话才对。"

接着他们便重新绕柱,这次由伊邪那歧命先唱道:"真是开心,我竟然遇到美少女。"并交媾,果然,他们成功生下淡路岛。接着陆续生下四国、隐岐岛、九州岛、壹岐、对马、佐渡岛,最后生下本州。

老实说,后面一直生下国土的内容不但冗长还很乏味。不过,我想因为这是关于日本由来的神话,才需要仔细地交代。作者甚至写到濑户内海中,各个小岛是怎么诞生的,可见其用心。

生完土地后,接着他们生出各种神。

例如,他们交媾后生出海神大棉津见(又称海神丰玉彦或丰玉彦命,别名少童神)、水神、风神、木神、山神及原野之神等。

因此,在《古事记》中你可以看到很多神的名字,多到让人根本分不清楚谁是谁。虽然,每个神各自负责掌管不同的领域,但说实在的,没几个人能完全搞懂。

不管做什么,都能生出神来

后来,他们又生下了掌管火的火之迦具土神[1],不幸的是,伊

---

1 火之迦具土神又称迦具土,是日本神话中的火神。《古事记》中用火之迦具土神、火之夜艺速男神、火之炫毘古神等称呼,而《日本书纪》则记成轲遇突智、火产灵等。

邪那美命在生火神的过程中，阴部遭灼伤而卧病在床。这种安排其实很有创意，因为海神与山神也是这样被生出来的，但偏偏在生火神时被火灼伤，或许是作者想提醒大家，要小心用火。

卧病在床的伊邪那美命因为身体不适而呕吐，其呕吐物变成金山毘古神、金山毘卖神；而她的粪便就生成波迩夜须毘古神、波迩夜须毘卖神；连她的尿都生成弥都波能卖神、和久产巢日神二位神明。这根本就是神的生产接力赛，生病的伊邪那美命不管做什么，都能生出神来。

不久后，伊邪那美命就病逝了。伊邪那歧命因为悲伤而落泪，而他的眼泪也变成了神。盛怒之下的伊邪那歧命拔出十拳剑，砍下了火神的头颅，由剑锋落下的血生成石拆神、根拆神和石筒之男神。后来已经演变成，不管他们做什么事，都能生育出神祇。

伊邪那歧命因为太想念妹妹，就到黄泉之国，想再见一眼死去的伊邪那美命。他打开某一间宫殿的门看到伊邪那美命，对着她说："我最爱的妹妹，我们两个人一起打造的国家还没有完成，求求你回来吧！"

没想到伊邪那美命回答他："我已经没有办法回去了，谁叫你不早点来。我已经吃了这里的食物，一旦吃了黄泉之国的食物，就得变成这边的居民。其实，我也很想回去，所以我正在和这里的神商量，求他让我回去，在我成功之前，请你不要再来见我了。"

关于吃了黄泉之国的食物，就会变成当地居民的说法，其实不只出现在《古事记》里，许多民族的神话也有这种说法，因此,这部分很有可能是作者参考其他传说编写而成的。

伊邪那歧命一直在黄泉等伊邪那美命,却迟迟等不到妹妹的身影,等到天暗了下来,他终于失去耐心,就拿出随身带着的梳子,折下其中一根梳齿点上火,再次进入宫殿。

结果,一踏入宫殿,他就被眼前的景象吓到。伊邪那歧命看到伊邪那美命全身爬满了蠕动的蛆,她的尸体还被八个雷神缠住。

伊邪那歧命被吓得惊叫失声,连忙夺门而出。

伊邪那美命看到哥哥的反应,既伤心又愤怒,她说:"你竟然如此羞辱我,我绝对不能放过你。"于是派黄泉里的女死神去追赶伊邪那歧命。

伊邪那歧命为了逃跑,拿下自己头饰上的玉器,丢向来追赶他的人。这些玉器立刻变成葡萄,他就趁着追赶他的死神停下来享用这些葡萄时逃走。没过多久,死神又追上来了,这一次他取下自己别在右发侧上的梳子,丢向追赶他的死神,梳子又变成了竹笋,他再次利用死神吃竹笋的时间逃脱。

不过,死神与雷神还是穷追不舍,伊邪那歧命没办法,只好一边挥剑,一边逃跑。最后,他拿了三个黄泉比良坂上的桃木果实,伊邪那歧命用这些果实丢向追赶他的死神与雷神,终于击退了他们。

伊邪那美命只好亲自出马,当她快追到伊邪那歧命时,伊邪那歧命却用巨石堵住黄泉比良坂的路,让她无法接近自己。被巨石阻挡的伊邪那美命愤怒地说:"我最爱的你,竟然对我如此残忍,从现在开始,我每天要杀你国家一千个人。"

伊邪那歧命不甘示弱,回答说:"我最爱的妹妹,你竟然讲出这种话,如果你每天杀我一千人,我就每天生出一千五百个人来。"这也是《古事记》特别的地方,当然,也说明作者的思虑非常缜密。

最早的日本文学,却是用中国汉字写的

我之所以详细地说明伊邪那歧命与伊邪那美命的神话,是因为这部分是《古事记》的基础。也就是从什么都没有的世界,到第一位神祇诞生,后来又生出两个同样没有性别、也没有固定形体的独神。接着,开始陆续生出具有男女性别的兄妹神祇,特别的是,一直到最后一组兄妹神出生,他们才一起制造出日本。

这两个人先搅拌大海创造出岛屿,并在岛屿上交媾生出国土。第一次还失败,生出像水蛭一样的小孩,虽然故事中提到,天神认为这是男女顺序颠倒的惩罚,但我觉得,这应该是兄妹交媾、近亲乱伦受到的处罚。

之后,他们不断生出土地,创造国家。接着又要忙着生天神,好像完全不会累、不需要休息一样,结果,伊邪那美命居然因为生下火神烧伤阴部,最后死亡。这里的剧情完全出人意料,作者安排得很巧妙、非常精彩。

至于后来伊邪那歧命前往黄泉之国的故事,应该是为了明确区别生者与死者才增加的内容。这部分刚好可以说明为什么新生命诞生的同时,也有人不断死去。实际上,这些内容已经非常完整地说明,现在这个世界是如何构成的。

我认为，虽然《古事记》是神话故事，却非常巧妙完整。

现今定义的《古事记》是由太安万侣依据稗田阿礼（生卒年不详，奈良时代天武天皇身旁的编纂）记忆中的神话及历史编纂的。不过，有极大的可能是由他们两位合力完成的。这本书在公元712年完成，是日本最早的书籍。

以日本最早的创作来说，这本书的内容非常充实。在创造国家的部分，更是节奏紧凑，充满戏剧性。现在的人如果想读《古事记》的原文，可能会有些困难，不过若是读翻译成汉文后的版本，应该都能轻松读懂。

因此，我认为，这是一本结合了古人智慧、结构完整的大作。

此外，在《古事记》中，并非全部都是神话故事。一开始谈开天辟地之时，的确是用神话呈现，内容也讲了许多神的故事；但到了中段，就转变为神降临人间的故事；后半部才是关于人的历史记载。这样的结构不但流畅，还能让我们借由这样的内容，理解日本是怎么形成的，并研究当时的生活与思想。

根据历史，编排虚构情节

当然，这本书中最有趣的还是神明时代的小故事，这些内容往往看似荒谬，却又不偏离事实。例如天照大神[1]的弟弟须佐之男

---

1 天照大神亦称天照大御神、天照皇大神、日神，是日本神话中高天原的统治者与太阳神，被奉为今日日本天皇家的始祖，也是日本神道教中广受崇敬的神祇。

第一章 \《古事记》塑造了日本思想的原型

命的故事,最为人津津乐道。

须佐之男命是个性情凶暴的人,有一次,他看到姐姐天照大神进入纺织房,与婢女一起织要送给其他天神的衣服,就跑到屋顶挖洞,把天斑马血淋淋的皮丢进纺织房里,导致婢女受惊,不慎被梭刺死。天照大神知道须佐之男命的所作所为后非常生气,索性躲入山洞隐居,结果,天地因为失去阳光陷入黑暗而大乱。

为了恢复光明,天上众神只好聚集在一起商讨对策,最后天神让天宇受卖命[1]在山洞前跳舞,因为听到山洞前的骚动,天照大神好奇地打开一点缝隙窥探外面,天手力男神[2]趁机将山洞门打开,因此世界就恢复光明。我想,这段应该就是在描述日食现象,能将自然现象写成这么生动的故事,可见作者丰富的想象力。

事后,须佐之男命因为惹恼天照大神被逐出高天原,流浪至出云国。当他来到出云国,看到一对老夫妇及一名少女在哭泣,询问之下,老夫妇说:"我们原有八个女儿,但八岐大蛇[3]这个怪物每年来一次,每次吃掉一个女儿,七个女儿全被大蛇吃掉了。现在离八岐大蛇出现的日子愈来愈近,我们很害怕最后一个女儿也会被吃掉,才会伤心地哭了起来。"

在故事中,八岐大蛇是一条有八颗头的巨龙。须佐之男命听完后,请老夫妇准备八个大酒瓶,分别在八个大酒瓶中倒满酒后,就静静地等待夜晚来临。到了晚上,八岐大蛇果然出现了,并将它的

---

1 天宇受卖命又称天钿女命,善歌舞,是日本神话里出现的女神,别名为宫比神、大宫能卖命。
2 天手力男神也记作天手力雄神,以孔武有力的形象著称,是日本神话里出现的神明。
3 八岐大蛇为日本古神话里的传说生物。《日本书纪》写作"八岐大蛇",《古事记》写作"八远吕智";简称为"大蛇"。

八颗头伸入各个酒桶中大口喝酒,不久就因为喝醉睡着了。

就在这时,须佐之男命趁机用剑斩杀大蛇,还在八岐大蛇的身体里发现了一把锐利的武器,这把刀就是草那艺之大刀[1]。而这段须佐之男命斩杀八岐大蛇的故事,可以说是日本最早的英雄传记。

大国主神其实是以出云国有力的豪族为雏形,为了记录该地被大和朝廷收服,因此通过神话故事传达给后世。

当然,因为是神话,所以不能像史实一样全部当真,但可以确定的是,在《古事记》中的神话故事多有历史根据,也因为这样,这个神话才有深度。实际上,这些看似虚构的故事,可能比我们了解的历史更接近真实。

日本武尊是征服天下的悲剧英雄

另外,在《古事记》中提到,倭建命(《日本书纪》称为日本武尊)是平定各方豪族的英雄。不过,他并不是神,而是实际存在的人物,也是日本第十二代天皇——景行天皇的皇子。他的本名是小碓命,也称他为倭男具那王。

我先简单地介绍他的故事。倭建命的哥哥大碓命突然拒绝与他的父亲景行天皇一起吃饭,因为他夺走父亲原本要娶进门的女子,内心感到愧疚,觉得自己没有脸再见父亲。

了解状况后,景行天皇说:"得想想办法解决大碓命的

---

[1] 草那艺之大刀也译天丛云剑,又名草薙剑,日本皇位传承的三神器之一,另有别名都牟刈大刀、八重垣剑、沓薙剑等。

事。"这时,倭建命回答:"交给我吧,我来想办法。"

没想到,倭建命竟然将他的哥哥杀了,并大卸八块后丢弃。

景行天皇知道这件事后,对于身边有一个手段如此凶残的人感到不安,便告诉倭建命,在熊袭国有一对叫熊袭建及熊袭曾的兄弟,他们不但不遵从朝廷的礼仪,也不受管束,因此命令他前往讨伐。实际上,这是景行天皇为了疏远倭建命而下的命令。

于是,倭建命出发前往西方,来到了熊袭国。他发现熊袭兄弟住在铁壁建造的城堡中,要攻打他们不是那么容易。

幸运的是,他无意中听说熊袭建刚盖好新房子,准备举办宴席庆祝。因此,倭建命乔装成年轻女子,将头发梳成女性的发型,并穿上女装,潜入宴席中担任招待,负责引导侍女进入宴会中。

熊袭兄弟看上扮成少女的倭建命,特意安排他坐在兄弟之间,命令他倒酒,没多久两兄弟就醉到不省人事了。

趁着两兄弟大醉,倭建命毫不犹豫拔出剑,他先杀了熊袭曾,之后追着熊袭建,把他的屁股像串烧一样用剑刺穿。这时濒死的熊袭建说:"收起你的剑吧,在我死前有事想要问你。你到底是谁?"

倭建命回答:"我是大和景行天皇的儿子小碓命,也有人称我为倭男具那王。"熊袭建用最后一口气说:"没想到东方的大和朝廷里,竟然有人比我们兄弟更强,我想给你一个名字。从今以后,你就叫倭建御子(《日本书纪》中为日本武尊)吧,这样我们兄弟的能量就可以转化给你了。"

杀了熊袭兄弟后,小碓命还斩杀了他们的余党,从此被称作倭建御子。

当倭建命立下功勋回到大和朝廷，以为他的父亲会大大称赞他，没想到天皇不但没有称赞他，还再次命令他："在东方也有不服大和朝廷的部族，你出发去平定吧。"

这时，倭建命开始起疑。他明明已经收服了熊袭国，但是父亲不但没有称赞他，连休息的时间都不给，立刻要他去平定东国。于是，他开始猜测父亲是不是讨厌他。

后来，倭建命前往伊势，与他的叔母倭比卖（编按：比卖是日本读音，即姬）见面，并抱怨了这件事。倭比卖无法说天皇的坏话，但她把草那艺之大刀及另一个袋子交给倭建命。没多久，倭建命就带着这两样东西，出发前往东国了。

他行经尾张国时，与美夜受比卖（或称为宫簧媛）相遇，他们互相约定，等倭建命平定东国后就结婚，没多久，他留下美夜受比卖，继续前往东国。

当倭建命抵达骏河国，却被当地豪族欺骗。他们告诉倭建命在草原中有一恶神，请他帮忙击退。倭建命听信他们的话，跑到原野中，没想到四周的野草被放火焚烧，倭建命差点就被烧死。

在情急中，倭建命将倭比卖交给他的袋子打开，发现里面是一个打火石。他心想，自己就快被火烧死了，现在有这个打火石有什么用处呢？后来转念一想，大火就该用大火治，很快地想出了对策。

倭建命先用草那艺之大刀将身边的草砍掉，再将离自己远一点的草点上火。让火与火互相碰触后自然消灭。结果，这个战术真的起了作用，倭建命因此顺利逃出，并找到欺骗他的地方豪族，用火将他们全部烧死。

之后他又继续往东走,并打算在浦贺水道搭船到房总国去。但是海神叫来了大风,让海面波浪过高,致使船只无法前行。这时,与倭建命同行的妃子弟橘媛说,她愿意代替倭建命跳入海中。当弟橘媛跳入海中,海面立刻恢复宁静,倭建命的船才能平安渡海。

最后,倭建命陆续平定了东国的豪族,成为当时人人敬重的大人物。

不过,我认为这么多事不太可能全是由倭建命一个人做的,一定是很多人,花了很多时间一起平定了东国的战乱,只是在故事中,这些丰功伟业都变成倭建命一个人的功劳。

倭建命平定东国后,就返回尾张国娶美夜受比卖为妻,但是因为必须赶回去见天皇,不能在尾张国久留,所以他留下草那艺之大刀作为信物,请美夜受比卖为他保管,继续向西方前进。因此,现在热田神宫中,还保留着这把刀。

在回国的路上,倭建命到伊吹山时生了一场病。在神话故事中,是说他看到山神化身成一只山猪,耻笑山神怎么化身成这么不起眼的东西,惹恼了山神受到处罚。然而实际上呢?也许是倭建命担心回到家乡后,父亲大人看到他也不会开心,甚至不会赞美他,或是又很冷淡地把他赶出去,因此心情郁闷才病倒吧。

最后,因为高烧不退,倭建命在山中病死了。死后,他的灵魂从身体飞出来,并化身成一只漂亮的白鸟,往京师的方向飞了回去。

总之,倭建命可以说是个悲剧英雄。其实他的故事,正是阐述大和朝廷将日本整合成一个国家的历史,不过,为了平衡太过残暴的内容，最后以倭建命化身为白鸟结尾，让整个故事变成美丽的传说。

发生在人身上的事，也会发生在神身上

《古事记》的内容包涵了神话、传说与历史。大致是从神时代的神话，逐渐转变成人的历史记录，述说着历代天皇的事迹，最后发展到推古天皇即位，由厩户皇子（或称圣德太子）协助他而结束。

《古事记》的记载，使日本是被神创造出来的说法得到了支持，天皇的地位也因此更稳固。至于这中间转折的部分，虽然以常理而言，有些牵强，但的确顺利将神的时代与人连接在一起，让故事内容产生一致性。

说穿了，在《古事记》里的神虽然是神，但行为却和人没两样。不是乱伦生下水蛭一样的小孩，就是一生气就杀人；死掉的神还能复活，或者不介意周遭的眼光，想要排便就排便。甚至能男变女、女变男。此外，还经常说谎，也经常被骗。几乎所有发生在人身上的事，都发生在神身上了，这正是《古事记》的魅力所在。因此，若想了解日本文化，一定不能错过《古事记》。

有人说，日本文学充满了女性气质。最著名的评论，就是日本江户时代的思想家本居宣长，他谈到《源氏物语》时，提到日本文学的幽玄之美，如果缺乏了女性作家就无法制造出这种氛

第一章 \《古事记》塑造了日本思想的原型

围。其实,不只是紫式部[1],平安时代的文学作家大多是女性。就连平安时代前期的歌人[2]纪贯之明明是在写日记,也要写上"如果男人都这样做,身为女性的我也要试试看",刻意假装自己是女人。由此可知,传统的日本认为,文学是女性的产物。

不过,一开始并不是这样。像《古事记》就是一部非常没有女人味的文学作品。不但内容很阳刚,说得夸张一点,有些内容感觉非常粗鄙。有时候读起来,就像是男人在胡言乱语,想到哪儿就写到哪儿。而且,内容充斥着暴力。不过,我认为在日本文学当中,这种不修边幅的写作风格,反而更能展现日本民族的生命力。

换个方向想,假如日本文学都很女性化,确实能让人感觉纤细且优雅,但就是欠缺旺盛的生机及天马行空的创意。

因此,《古事记》的存在,正好平衡日本文学过于重视优雅与纤细的风格。正因为有了这本出乎意料的《古事记》,随性又暴力,才能创造出日本文学的五项重大突破:

一、日本文学的题材范围甚广。

二、在文学中有美丽的文藻,也有戏谑的文字,偶尔玩玩文字游戏。

三、漂亮与丑陋的事物能放在一起讨论,也不显突兀。

四、在《古事记》中经常能看到如"生者逝去,死者重生"这类轮回的概念,并衍生出愈来愈多不一样的内容,影响后人对生命的认知。

1　紫式部(913-1014/1015年),日本平安时代女性文学家,代表作为《源氏物语》。
2　歌人是日本传统诗歌形式和歌的创作者,纪贯之是著名的三十六歌仙之一。

五、让日本人的思考原型，用文字完整地保存下来。

总之，古人用《古事记》将日本人对于事情的思考方式，生动地表现出来。因此对日本来说，《古事记》具有极高的文化价值。虽然，刚开始看的时候，可能会觉得这些内容太夸张，但是愈看就愈能了解，它是一本研究日本文化，绝对不能错过的名著。

如果你想了解日本人的思想原型，就翻开《古事记》吧。

第二章 《源氏物语》是国家教养的根基

第二章 \ 《源氏物语》是国家教养的根基

2008年是《源氏物语》满一千年的纪念年,因此,这本书在各地又重新成为话题。实际上,一千年前的1008年,是《源氏物语》全书编写完成的时间,并不是第一次出刊发行的时间。毕竟,内容这么长的一本书,不太可能等到全部写完后才公开发表,一般都是写完一篇就发表,让人们能阅读或是借由抄写互相传阅。

为什么我会知道这件事?因为在《源氏物语》作者紫式部的《紫式部日记》中记载,在宽弘五年(1008),和泉式部[1]在赶赴亲王的庆生宴时,遇到一个歌人用戏谑的声音问她:"这附近是否有看到若紫?"若紫是《源氏物语》中女主角紫之上(又译紫姬、紫夫人)年幼时的昵称,从这件事就可以证明,当时已经有许多人看过《源氏物语》了。因此,2008年就成为《源氏物语》的千年纪念年。

---

1 和泉式部是日本平安时代中期和歌歌人。与《枕草子》作者清少纳言、《源氏物语》作者紫式部并称平安时代的"王朝文学三才媛"。

像连续剧一样，让人舍不得转台

无论如何，我非常佩服紫式部。因为在一千年前能写出结构完整、内容多元而丰富的《源氏物语》，实在令人难以相信。从选题上来看，不但很有深度，对于情节的安排与角色刻画都非常细腻，几乎完全抓不出破绽，如果不说，或许没有人会认为这是一本拥有千年历史的小说。

我看过许多世界名著，因此敢大胆地说，在我看过的世界名著里，《源氏物语》是结构最完整、成熟度最高的作品。

例如，法国最古老的叙事诗《罗兰之歌》，这是一首在1050年左右完成的作品。讲述的是查理大帝（Charlemagne）的外甥罗兰队长（Roland）率领大军，在西班牙与伊斯兰大军作战时，几乎全军覆没，为了向主军通报而吹起号角，没想到却在本队折返后，顺利打败敌军获得全面胜利，这首诗是为了赞美十字军精神的武勋诗。在当时，《罗兰之歌》被视为名作，但是完全无法与《源氏物语》相提并论，因为好不容易诞生一首歌颂英雄事迹的诗，内容却有一半与神话相仿，失去了原创的价值。

或许会有人认为，因为我是日本人，当然比较偏袒日本文学。实际上，自从《源氏物语》翻译成英文或是其他国家的语言，流传到欧美各国后，很多国家都大力赞赏《源氏物语》。许多欧美的评论家都认为，紫式部与《追忆似水年华》（À la recherche du temps perdu）的作者普鲁斯特（Marcel Proust），是一样出色的小说家。

因此，对于日本人及日本文学来说，《源氏物语》都有极高的价值。从世界文学史的观点来看，这本长篇小说就像一个奇迹。

紫式部在1008年左右的平安时代中期，开始写《源氏物语》。当时，藤原道长[1]不断扩大他的权势，就在他摄政稳定成熟时期，紫式部进宫，成为道长女儿彰子中宫（编按：天皇之妻，或称皇后，也象征皇后居住的宫室）的侍女。紫式部进宫后，过得比较自由，才有时间写作。

那时，她已经写好一部分的《源氏物语》，身边的人都知道她就是这本书的作者。每当她完成一段新的故事，就会公开发表，宫里的人也会不断抄写她的创作，并广泛传阅。这个时候，因为只有在宫中流传，即使《源氏物语》已经在宫里造成轰动，却还是只有少数人能看到她写的故事，因此这个时候的她，还是默默无闻的作家。

这也与社会结构有关，紫式部生长的时代，是阶级分明的社会。当时，虽然已从中国引进中国文化及教养，但是只有在城市里或在宫中，才能感受到文化的影响，或习得中国的学问。对于偏远乡村还住在草房中的农民而言，那是上流社会的生活，与自己无缘，他们甚至不识字。另一方面，在那个时候，纸是非常贵重的物品，一般庶民根本没有机会接触纸。因此，《源氏物语》在当时很难流传到全国各地。

不过，在那样封闭的时代背景下，紫式部却能写出极具戏剧性且贴近人心的《源氏物语》，并且能够印证当时流行的"时间流逝，所行皆空"的思想，让人不得不惊叹作者的文采。

1　藤原道长（966—1027），日本平安时代的贵族公卿及皇室外戚，曾任摄政太政大臣。

能满足对各种恋爱的绮想

谈到《源氏物语》，就让我想起年轻时曾发生过一件很丢脸的事。当年，我参加大学入学考试，语文考卷上有一道题目是："请写下你对《源氏物语》这本小说的感想。"

看到这个题目时，我自以为写下一些嘲讽的内容，会让我看起来更有优势，因此我在考卷上写："一个花花公子，在一个接着一个的女性中打转儿，我不断思考这么做的意义在哪里？我认为人生，应该有比这个更重要的事。"

当然，我最后因此落榜，开始我的重考生涯。

其实，当时我根本没看过《源氏物语》。没读过这本书的我，却高傲地批评这本名著，难怪会落榜。不过，在嘲笑我的同时，我希望大家注意的是，就连没看过这本书的人，都能知道这本书写的是光源氏这个男人，不断与许多女人谈恋爱的故事，还能写出这么嚣张的感想，也就是说，在日本，几乎每个人都读过，或大概了解这本书的内容。

这也是古典文学厉害的地方，即使你根本没有看过内容，也会在某些状况下，听到人家提起这些文学故事，不用打开书，也能靠这些听来的信息，拼凑出对作品的基本概念。当然，如果要实际了解这些名著，还是得看书才行。

因为多数人都看过或听说过这本书，为了预防太多人看到这里睡着，我会以十六倍速度快转，概略说明一下《源氏物语》的内容。

第二章 \《源氏物语》是国家教养的根基

不知道在哪一代天皇在位的时代,有一位出身卑微的女子进到宫中,成为天皇的爱妾,并受封为更衣。由于天皇赏赐给她桐壶宫,因此大家也称她为桐壶更衣[1]。但天皇过于宠爱桐壶,宫里的人都很嫉妒她,连皇后也恨她入骨,长期处于后宫斗争之中,桐壶因此生病,在生下一个儿子后,就因病去世了。

她的儿子就是《源氏物语》的男主角光源氏。虽然他是天皇的儿子,但因为生母的身份卑微,因此没有受封为亲王,天皇将他改为一般臣民,并赐姓源氏(一般称光源氏)。

光源氏是一位外表俊秀的美男子,不管做什么事都比别人出色、才能出众,但就是太受欢迎,因此花名在外。虽然那个时代的贵族都是这样,但他与许多女子的恋爱情事几乎传遍整个宫廷,每天都能听到关于他的新绯闻。直白地说,就是个花花公子。

不只如此,失去母亲的光源氏,其实有恋母情结,因此卷入很多复杂的关系中。

在桐壶过世后,天皇因为过于思念她,迎娶貌似桐壶的藤壶入宫。然而,因为藤壶长得太像自己的生母桐壶,引起了光源氏的注意,没想到,一开始只是抱着好奇接近藤壶的光源氏,却爱上了她。后来,光源氏与自己的继母私通,甚至让藤壶怀孕。表面上,大家以为藤壶为天皇生下一子,实际上却是光源氏的儿子。

然而,光源氏已经娶妻了,而且是左大臣(编按:为日本律令制最高的常设官职)的女儿葵之上,不过她的年纪比光源氏大,光源氏对她也毫无感情。后来,光源氏看到藤壶年幼的侄女,觉得她很可爱,因此将她带到自己身边,养育成人,这个侄

---

[1] 更衣为日本后宫(内命妇)的官阶,在平安时期,更衣属嫔妃体制中的正四品。

女就是紫之上。

此外，光源氏还有个情人六条御息所，六条的嫉妒心很重，因此不断折磨葵之上，饱受六条折磨的葵之上，在产下儿子后就过世了。葵之上过世后，紫之上地位接近正室。

没多久后，光源氏对自己政治上的敌人右大臣家的女儿、也是自己哥哥（下一代天皇）的爱妾出手了，后来事迹败露，使他失去政治地位，因此光源氏自请处分流放到须磨及明石，但没过多久，他又复位了。

在光源氏晚年，他又迎娶天皇的第三皇女——女三宫为正妻。紫之上知道光源氏再娶，害怕自己的地位会动摇，因此非常苦恼。没想到，女三宫后来竟然与爱慕她已久的男子柏木私通，还产下一子，但是在表面上，这个儿子是光源氏的儿子。

知道这一切的光源氏，抱着这个命名为薰的次子，想起自己当年和藤壶私通生子的事，认为这一切都是因果报应，感叹人生无常。

光源氏死后，《源氏物语》的主角就变成了薰，展开他得不到爱情的故事（收录于《源氏物语》中的宇治十帖）。

我在这里汇整的不过是概略的内容，书中还有许多女性为故事增添光彩。此外，这本书里记述了各种恋爱，如：与身份卑微的女性恋爱、与不漂亮女性交往等。在光源氏这么多段恋情中，对他影响最深的情人，应该是他流放到明石时，与他邂逅并过着如同夫妻般的生活、为他产下一女的明石之上。之后他又横刀夺爱，和好朋友的恋人夕颜在一起，没想到，却害死了夕颜，后来，他竟然帮这位朋友抚养儿子。这些情节看起来虽然荒谬，却非常迷人，就这样展开了一段段发生在华丽绚烂的宫廷生活中的爱无常物语。

到处留情乱爱却不打乱故事节奏，原来一开始就设计好了

或许有人会和我一样，觉得这不过是男人花心到处留情的故事，看不懂《源氏物语》的价值在哪里。但我从头到尾完整读过内容后，不止惊叹紫式部的文笔，更佩服她在故事中细心地安排了每一个细节，并凸显了每一位角色的特色，让整部作品显得非常生动。最厉害的还是，她设计的故事基本架构。

让有恋母情结的花花公子，与自己的继母通奸，还安排他们生下小孩。对这个小孩来说，原本认为是哥哥的人，其实是亲生父亲。后来，一度在政治上失势的光源氏，在自己的小孩成为天皇时，又找回从前的权势，过着奢华的生活。

像连续剧般的剧情，让人想起古希腊悲剧作家索福克勒斯（Sophocles），根据希腊神话中俄狄浦斯的故事创作的悲剧《俄狄浦斯王》。俄狄浦斯因为出生时遭到诅咒，被自己的父王下令刺穿脚踝，丢到野外等死，然而奉命执行的牧人心生怜悯，将他辗转送到国王波吕波斯身边，国王便把他当作亲生儿子般抚养长大。

俄狄浦斯长大后，他去请求太阳神阿波罗神谕，得知自己将来会"弑父娶母"。为避免神谕成真，他离开科林斯，并发誓永不再回去。俄狄浦斯流浪到底比斯附近时，在三岔路上与一辆马车发生冲突，竟失手杀了全部的人，其中包括他的亲生父亲。后

来，他又迎娶了自己的生母。

但是俄狄浦斯王并不知道自己杀的人是生父，也不知道自己娶的女人是亲生母亲；直到他的国家连年发生灾荒，他再次去请求神谕才知道真相。他的生母也因为无法阻止悲剧发生而自责，上吊自杀。听闻自己亲生母亲自杀后，他深觉自己是个罪人，就挖下自己的双眼，作为惩罚。

与这个故事不同的是，光源氏是在知情的状况下，爱上自己的继母，还与她发生关系。虽然他知道这件事是错的，却又压抑不住自己对继母的感情。

在第一部的后半段，光源氏因自己犯下的罪，最后得到报应。他娶了年轻的妻子，妻子又和别的男子生下小孩。虽然光源氏知道一切，却也不能说什么，只能接受眼前的事实。因为他认为，这就是他与继母私通还生下小孩的报应。

我相信这么精彩的长篇故事，绝对不可能是边写边想出来的，当作者开始要写这个故事时，就已经想好故事的主轴是什么，因此，我非常喜欢这本书。最了不起的是，在那个时代的日本没有人能写出意义如此深宏的小说，紫式部却办到了。正因为有明确的故事主轴，所以，即使有各式各样的小插曲，或是出现许多荒诞的恋爱故事，故事的节奏却没有被打乱，每个插曲都能串联在一起。

不准学习的女子，写出令人惊叹的作品

你或许也和我一样好奇，紫式部为什么会想要写这个故事？

到现在这还是一个谜。如果说她受到民间故事影响,实在过于牵强。因为不管读多少次《竹取物语》[1]或《伊势物语》[2],这些书本不过都是讲述古代的故事或是小说故事集,不像《源氏物语》在挖掘人性的真相、阐述生命的价值。我认为,《源氏物语》非常接近现代文学。

话说回来,紫式部从哪里来的灵感,让她能写出如此精彩的作品?我想,极大的可能是受到中国文学的影响。

因为,紫式部读过《史记》,或许她还读过其他中国历史书,至少我可以确定,她看过白居易以唐玄宗与杨贵妃的爱情故事为主题写成的《长恨歌》。

我大胆地推论,紫式部就是从这些中国文学中,学到写小说的技巧,并懂得在开始写之前,就必须建立出小说的架构。可能有些人会说,《史记》不能算是单纯的历史书籍,确实,《史记》也是出色的人物文学,因为在《列传》中,就记录了很多波澜壮阔的人物传记。

关于紫式部精通《史记》还有这样的传说。紫式部的父亲在为她的哥哥讲解《史记》时,不管怎么解说,哥哥都无法正确理解。在一边旁听的紫式部忍不住跳出来向哥哥解释《史记》的内容。据说,紫式部的父亲还因为她不是男孩子(编按:当时的女孩子被禁止学习)而惋惜。

---

1 《竹取物语》或名为《竹取翁物语》,是日本最早的物语作品。作者与创作年代不详,乃是以女文字(假名)写成的物语文学。
2 《伊势物语》是平安时代初期成立的和歌物语,又称为《在五物语》。各话的内容以男女恋爱为中心,包括亲子、主仆、友情、社交生活等,着重于描绘人际关系。

因此，我认为精通中国文学的紫式部，应该是借由对中国文学的理解，自然而然地学习到写小说的技法。当然，大部分的人即使阅读《史记》，不见得就能成为小说家，但紫式部通过阅读大量的中国文学，就能知道如何写小说，可以说是一位天才。

我会说《源氏物语》是奇迹，正是因为在那个女人无法学习知识的年代，紫式部居然能写出如此成熟的作品，实在令人钦佩。

用敬语写作，创造出优雅的民族

我最近研究《源氏物语》时，有一个惊人的发现。

就是《源氏物语》里的主角，讲话都用敬语。若与其他世界名著做比较，这种写作方式非常罕见。

"后宫众多女御中，有一位身份虽不十分高贵，却格外得宠的更衣。"（编按：日文原文全部使用敬语词）这其实不太合逻辑，明明是用第三人称的角度完成的小说，却使用敬语书写。

尤其在讲述天皇的故事时，口气特别明显。像是内文提到"陛下圣断，皇帝诏曰……"书中常有类似的句子。不只是天皇，述说主角光源氏的事也会使用敬语。

为什么用第三人称写成的内容，要用敬语表示呢？如果是女性用第一人称创作的小说，或主角是女性，就可能会使用敬语书写。像太宰治的作品《斜阳》，就是其中一个例子："早上在餐厅里喝了一口汤的母亲大人，微微地发出了一声'啊'。"因为是从女儿的立场讲述母亲的事，而且是第一人称，因此使用敬语是很正常的事。

但《源氏物语》整篇都是第三人称的视角，却都用敬语书写。

这是很特别的写作法，即使是世界各地的文学名著，也很少看到这种处理方式。例如描述英格兰传说中的阿瑟王（King Arthur），也只是直接陈述"阿瑟王非常高兴地开怀大笑"，而不是用"龙心大悦"。那么，为什么紫式部要用敬语写《源氏物语》呢？

我想，是因为《源氏物语》以宫廷生活为背景，甚至写到天皇，因而刻意使用敬语，为了加强人们对贵族生活的崇拜。她用敬语强调"我现在要写的故事，是关于王公贵族的生活"，让人不自觉对上流社会产生幻想。

也因为她使用了这样的语调，《源氏物语》里的每个主角，都给人有气质、优雅的印象。也就是说，紫式部已经先用文字将故事的角色与现实拉开距离。在阅读时，就会不自觉认为"啊！这就是贵族的生活，这就是上流社会的恋爱"。即使这些情节也可能发生在民间，内容全是荒唐的情事，她却让整个故事看起来非常唯美高雅，制造出让人向往的情绪，光是这一点就不得不佩服她。

不只如此，她巧妙的设计，其实也影响了每一个读过《源氏物语》的人。

因为《源氏物语》是日本的国民文学，只要读过的人，在精神上或多或少都会受紫式部影响。比如说，在日本非常重视阶级，即使没有一套准确的规范，但每个人在不同场合，都会自然地意识到身份的差别。或许有人会认为，这只不过是贵族的优越感作祟，根本是在炫耀。老实说，对于这样的看法，我的确无法反驳。但是我不认为这是对上流社会的礼赞，反而是以民族为荣的认同感。也可以说，紫式部让后人对自己身在这样尊贵的国家，深深感到自豪。

日本一直被称为礼仪之邦，拥有优良的礼仪传统（当然，在日本的民族性中，也有一部分让人感到羞耻的坏习惯），或许正是来自用敬语写成的《源氏物语》，书中每个角色的言行举止，在无形中深深影响了日本人的行为，让日本成为优雅的民族。

没看过也一定听过，口传形成的民族精神

对日本人来说，《源氏物语》的价值就在于它是国民文学。换句话说，就是民族的教养书。

我想，一定有人会问，所以《源氏物语》是写来教育日本人的书吗？当然不是。我相信，曾经彻底阅读过这本小说的人，应该只有少数。即使有人曾经读过这本书，应该也是阅读翻译成现代文的版本，几乎没有看过古文版本的小说。因此，几乎很少人察觉到《源氏物语》用敬语创作的手法，也很难体会紫式部的巧思。

但我说的教养，不是单纯地指文学对人行为上的影响，而是在整个民族中，形成一种价值观，并自然而然地成为民族的文化基础，这就是古书的教养。

像欧美人士，他们经常在日常生活中接触到《圣经》的内容。即使不是基督徒，都知道伊甸园的故事。他们除了知道亚当

与夏娃受到蛇（撒旦）的诱惑，偷吃了知善恶树的果实，而被上帝逐出伊甸园的故事，也知道发生大洪水灾难时，挪亚做了什么事，甚至知道索多玛和蛾摩拉这两个城市，因为城里的人民不遵守上帝戒律，充斥着罪恶，被上帝毁灭，后来成为罪恶之城的代名词。

其他还有像《希腊神话》，在许多欧洲国家也经常成为人们的比喻，甚至是广告的灵感，已经成为欧美文化的根基。

很多人即使没有读过《希腊神话》，也知道阿喀琉斯是希腊第一勇士，还了解他的弱点在脚踝，因为他就是被特洛伊王子帕里斯用箭射中脚踝而死的。了解这些故事，已经成为理所当然的常识。甚至在医学上，因为这个典故，我们也将脚后跟的筋腱，称为阿喀琉斯腱。

此外，奥德修斯的故事也很有名，只要提到他，多数人就会想起奥德修斯参加特洛伊战争后，花了十年的时间，受尽千辛万苦才回到自己故乡的事迹。后来，他的名字还被用来比喻艰难的任务或旅程，例如：电影《2001：太空漫游》即是以奥德修斯为名。

再回过头来看《源氏物语》，不也对日本文化产生了相同的影响吗？

不管有没有读过《源氏物语》，如果我们认识某个男生，他和年纪差距很大、甚至是未成年的女生在一起，最后还娶她为妻，我们可能就会讥笑他，与光源氏（光源氏在紫之上小时候就把她带回家，并将她抚养长大，再娶她为妻）没什么差别。

如果看到一群年轻男性，彻夜在讨论他们对女性的看法，有些人就会不自觉联想到光源氏"雨夜品评"（编按：在《源氏物语》里，光源氏曾在五月下雨的夜晚，在屋子里与四位男性一起大肆谈论女性）的场景。

不只如此，在日本《源氏物语》经常被翻拍成电影，也数次被制作成电视剧、漫画，因此，几乎不可能有人完全没看过。连日本的偶像团体（编按："光GENJI"，是1980年代后期日本风靡一时的杰尼斯男子偶像团体，光GENJI是SMAP的前辈，在1995年解散）都曾用《源氏物语》中主角光源氏作为团名。简单来说，即使是从来没看过《源氏物语》的人，至少都知道光源氏是一个颇有女人缘的贵公子。

日本大学语文课中，多数教授会讲授《源氏物语》。女大学生们即便只对讲授内容的一部分感兴趣，都会喜欢上这本书。像末摘花那样鼻尖泛红的丑女悲剧故事呀；胧月夜那样"厚颜无耻"得难以想象，实则热情奔放的女人呀；以及六条御息所，她的嫉妒心幻化出的鬼魂十分可怕，故事也就容易理解了。可以说，《源氏物语》中的女性多得出人意料。

这就是古书带给我们的文化基本教养，或许，日本人对《圣经》或《希腊神话》比较不熟悉，但是《源氏物语》却是日本人的共同知识。

如《源氏物语》一般有着古典底蕴的作品，有着重要的文化意义。并且，即便从世界文学的水平来看，这部作品仍然价值甚高。我们拥有如此伟大的作品，不应该感到高兴吗？

漫画化的《源氏物语》也相当不错，去试着看看吧。

第三章

古人很早就知道：暧昧最美

第三章 \ 古人很早就知道：暧昧最美

看完第二章，相信许多人对《源氏物语》已经有基本的概念了。接下来，我希望大家能再深入一点，对日本的古典文学有更深的了解。

当然，最好的方式是直接看未经翻译的古文版本，不过，这对多数人来说，其实相当困难。毕竟，不是每个人都是专业的学者，因此，我建议可以选择质量比较好的现代文译本。

然而，再好的译作，还是有可能与原文产生落差。因为每个译者，都有自己的解读与看法。有些译者会希望尽可能贴近原文，每一字每一句都直接照着翻译，反而会让句子变得不通顺，更可能让读者无法消化。

所幸的是，日本有好几位作家将《源氏物语》翻译成非常优秀的现代文。例如：与谢野晶子、谷崎润一郎、圆地文子、濑户内寂听等作家的翻译版本，都很容易阅读。

只是，现在的人虽然能通过质量优良的现代文版本，轻松阅读《源氏物语》，但书中大量的韵文和歌，其实很难直接转换成现代人能理解的文字。

关于这个问题，该怎么办呢？

和歌，就是当时贵族的情书

平安时期的贵族经常使用和歌，频繁的程度可能出乎你意料。特别是男女刚认识时，为了引起注意，一定会写和歌送给对方。其实，不只在认识后，才会互赠和歌表达情意，即使是从来没见过面的对象，他们都会写和歌送给对方，表达想认识对方的心情，并做简单的自我介绍。差别只在于，为了合乎礼节，对于没见过面的对象，会请使者帮忙送达。简单来说，和歌就是当时贵族的情书。

不过，与其说韵文和歌是情书，不如说更像恋爱游戏的攻略。从许多和歌中可以看见，男女双方为了吸引对方注意，讲些客套吹捧的话，或是为了试探对方的心意故作冷淡，甚至讲些充满恨意的话等。由此可知，平安贵族与现在的男女恋爱时，使用的策略都差不多，唯一不同的是，当时的人是用韵文和歌，而现在的人是用短信或电子邮件。

因此，当时如果能写得一手好和歌，走到哪里都会很受欢迎，就像现在的超级巨星一样。这种人会受欢迎也不是没有原因的，毕竟和歌有固定的格式，还规定每首五句的音节要是五、七、五、七、七交错，通常是有一定知识水平的人，才有办法写出来。因此，看一个人的和歌写得如何，大概就能了解写歌的人是什么个性，以及他对事物的想法及判断能力。

在《源氏物语》中，总共出现七百九十五首和歌。我认为紫式部最了不起的地方，就是她针对每一个登场人物，都先设定好知识水平,并用这个基准,帮每个角色写和歌。正因她细腻处理每一个细节,《源氏物语》才会有如此高的评价。

和歌因为有固定的格式与音节,读起来非常优美,不过,在翻译成现代语意时,却很难把其中的美感翻出来。例如,为了要充分翻译整首和歌的意思,音节就无法保持原来的格式,很多人甚至认为,若不是这样的音节,就不算是韵文和歌了。因此,如何保留和歌的原始风味,又能让现在的人看得懂,一直都是许多学者努力的重点。

像是日本传统和歌的创作者俵万智,曾经在他的著作《我所爱的源氏物语》中,将《源氏物语》书中的几首和歌,改写成自己所作的和歌,这是非常有趣的尝试,但这样改写,与翻译就有一点儿不同。

为了保留和歌押韵的美感,又要让现在的人能看得懂,目前最常用的方式,就是直接刊载原文,再另外加上解说。但这种方式其实很不利于阅读。比方说,读者在看已经翻译成现代语意的《源氏物语》时,本来读得很起劲,却在读到"这个时候,光源氏赠送了一首和歌给姬君"后,出现了原文的和歌,为了弄懂原文,势必会中断阅读。因此,大多数的人可能会直接跳过穿插其中的和歌,这是非常可惜的事。

我自己在读《源氏物语》的现代文版本时,为了不打断阅读节奏,也会直接跳过原文的和歌,顶多略读批注与解说。因此,我总是无法好好体会和歌的意境与内容。说起来,真的很惭愧。

古人的和歌，怎么让现代人看懂？

接下来，我想介绍谷崎润一郎、圆地文子及濑户内寂听三位翻译过《源氏物语》的大师，他们如何处理古文和歌与现代语意内容交错、容易打断阅读的问题。

要比较当然需要一个基准，因此，我选择了《源氏物语》"贤木"这个章节里，六条御息所与光源氏相互往来的和歌。

我先大概解释一下这个章节的故事。六条御息所原来是东宫的妃子（后来丈夫还未即位就过世），是一位内外兼具、举止高雅的美女，不过，因为嫉妒心过强，常做出残忍的事。她的生灵幻化为妖怪动不动就会把忌妒的对象杀掉，比如光源氏戏谑的恋爱对象夕颜，以及他的正室葵之上，都是被六条御息所杀死的。

当葵之上过世后，六条御息所原本期待自己可以成为光源氏的正室，后来才知道，光源氏根本没想过要将她扶正。不只这样，她猜想，光源氏可能已经知道，自己因嫉妒而杀死葵之上，因而感到羞愧，不敢再见光源氏。

此时，六条御息所的女儿获选为伊势的斋宫（在皇室宗庙伊势神宫中服务的皇室未婚女子），她觉得继续留在这里只会让自己更丢脸，因此，决定陪女儿去伊势。

光源氏原本就知道六条御息所的嫉妒心很重，觉得很可怕而想疏远她，但当六条御息所决定去伊势时，他又舍不得她离开，跑去见她。等到六条御息所要出发前往伊势当天，光源氏交给六条御息所一封信，信上写了一首和歌。

在这边我要先说明，赠送和歌给某一个对象时，内容一定是写能吸引对方注意的事。如果不是为了吸引对方的目光，就不会特地写和歌给对方。虽然光源氏想疏离六条御息所，但他送给六条御息所的和歌上，只让她觉得光源氏还在爱恋着她。于是，隔天收到信的六条御息所就从逢坂关回信给他。

首先，看光源氏写了什么：

甩掉我今天你要去铃鹿川，
八十濑的浪将打湿你的袖子。

隔天，六条御息所回信给光源氏：

不管有没有让铃鹿川八十濑的浪打湿袖子，
你是否会想起在伊势的谁？

接着再来看看，现代语意版会怎么处理这两首和歌。

谷崎润一郎的新译本在内文中，使用和歌的原文，并添附这样的批注。

首先是光源氏的和歌：

今天你狠下心抛弃我而去，等你要渡过铃鹿川的时候，你将会被八十濑的波浪打湿袖子。其实是在说，以后你一定会被后悔的眼泪弄湿袖子。

而对于六条御息所的和歌，则做了这样的批注：

不管我的袖子是否会被铃鹿川的八十濑的波浪打湿，会有谁能记得，前往伊势的我呢？意思是说，我相信你过一阵子就会把我忘掉了。

这样的说明已经十分详细了，对于和歌利用其他的事物做比喻，传达个人心情的手法，也做了充分说明。

再看到圆地文子的译本，也许她觉得详细说明平安古人的和歌技巧很麻烦，所以在文中的说明都很简短。而且，她选择直接在本文中刊载和歌的原文，并在该页的最后，写上和歌的解说。以下就是她对光源氏的和歌的解说：

即使你现在抛弃我到伊势去，后来也会因为后悔的眼泪而哽咽吧！

对于六条御息所的和歌，则是这样解释：

被下放到伊势的我，就算站在铃鹿川的岸边叹息，还有谁会同情我呢？

她选择省略了八十濑的波浪，用更直接的方式将古文转换成现代语意，从另一个角度来看，这或许是为了让读者更容易理解的手法。

至于濑户内寂听的译本，则是将和歌用原文刊载，并在原文之下，用比较小的字体，写了五行诗。所有的和歌，濑户内寂听都用五行诗翻译成现代语意。

比如说，他处理光源氏的和歌时，是这样写：

> 你抛弃了我，
> 即将于今天出发，
> 在你要渡过铃鹿川时，
> 八十濑的波浪，
> 不会打湿你的袖子吗？

而在六条御息所的和歌下，则是这样写：

> 铃鹿川的八十濑波浪，
> 或许会打湿我的袖子，
> 然而已前往伊势的我。
> 又有谁会记得？
> 你也一样。

多亏有这些说明手法，大部分的人多少能理解平安人的和歌。但不能否认，尽管有这么多翻译版本，有些原文还是让人很难理解。也许很多人在看《源氏物语》时，会忍不住想："为什么都到了要分手的地步了，还要特意引起对方的注意，送和歌过去？"除了读者无法从翻译中理解其中的心态外，我觉得现代语意无法表达出当事人的心情如铃鹿川波涛汹涌的浪潮，让读者无法更真实地想象他们分别的场景，也是翻译上的遗憾。

《源氏物语》如果发生在现代……

实际上，我曾经将光源氏及六条御息所分离的这个场景，用诙谐的方式模仿，编写成现代小说。就是《错读源氏物语》这本书中的《自尊心》篇。

希望大家不要误解，我只是用诙谐的方式写小说，并不是代表我处理和歌的方式才是最好的。因为要写成现代小说，我才想到这种方法，当我实际这样做以后，发现了非常有趣的事。为了说明我发现的事，我必须先说明这个故事的内容。

《自尊心》篇里的主角，是一个四十岁的大牌女演员六条由香理。她与比自己年纪小、刚出道就备受注目且风评非常好的电影导演光用阳一是情侣。光用是个对女性很体贴的人，虽然他经常搭讪女演员，但是六条由香理并没有因此忌妒。因为她认为自己看上的男人，当然会受到很多女人喜爱。

没想到，后来光用对一个年轻女演员特别关心，甚至到着迷的地步，只要是他拍的电影，不管剧情是什么，都会找那个年轻女演员来演。因此，由香理的自尊心受挫，也开始"修理"那个年轻的女演员。

但是，光用却警告由香理，要她停止做这些下流的事，由香理觉得光用看穿了她的嫉妒心，认为自己被羞辱了，这让自尊心很强的由香理无法忍受。

实际上，由香理有一个就读高中的小孩，那是她单亲抚养长大的女儿。当女儿告诉她，想到美国加州的高中去当交换学生时，由香理就告诉女儿要和她一起去。由香理用要去美国进修的理由，暂时告别演艺圈。虽然表面上她是这样说，但其实是为了结束这段痛苦的恋爱关系，而不得不做这样的决定。

没想到就在这时候，光用却用手机传了一则短信挽留她，希望她不要走。光用之所以这样做，只是不希望和由香理决裂，想维持两人友好的关系。

终于到了由香理要出发前往美国的那一天，她在成田机场收到光用传来的短信。上面写着：

> 加州的天气预报说今天会下大雨。即使那边下着大雨，你还是要抛弃我而去吗？我非常担心你是否会被大雨淋湿。

由香理回了以下的内容给光用：

> 实际上，你根本不在乎我是不是会被雨淋湿。

上面这两条短信，就是我针对前面提到的那两首和歌的诙谐模仿版。

也许有人会说，将时代背景拉回现代，不管要怎么表现都可以；但也可能有人会发现，其实这两条短信和两首和歌的意思大大不同。

不过，经过我不正经的模仿，你应该能察觉，其实古人用和歌往来，就像现在我们用短信联络一样。

我一开始阅读《源氏物语》及《伊势物语》时，实在无法理解，那个年代的男女，为什么这么流行使用和歌交谈。因为，在那个时代，男女不能公开见面，即使只是从墙壁上的小孔窥视，也足以让人脸红心跳。

第一次听到古人互赠和歌其实就是在谈恋爱，而且其中隐藏不少恋爱心计，我非常惊讶，虽然有些疑惑，但还是姑且相信了这个说法。当我故意用诙谐的方式模仿，将和歌往来的方式用短信的方式写到现代小说中，我才恍然大悟，的确，和歌与现代人用的短信其实是一样的。

实际上，那个时代的人，所有事都用和歌表达，告白用和歌、想念对方用和歌，大吵一架或谈分手都要写和歌。我想，正是焦急等待对方回复的心情，让古人拥有源源不绝的灵感，写出一首又一首情感丰沛的和歌。

古人很早就知道：朦胧最美

不知道你有没有发现，我提出来的观点，有个地方不符合逻辑。就是认为平安时代的和歌往来，与现代人互传短信相似，这样的想法其实很奇怪。因为和歌文化明明比较早出现，正确的说法应该是，现代人用短信往来，与平安时代人们互赠和歌是类似的。也就是说，身处现代的我们，正做着与平安时代的人一样的事。

其实，愈深入思考，就会愈觉得和歌与短信有许多相似之处。

对于完全不认识的女性，光源氏也会含情脉脉地写和歌送给对方。明确告诉对方，虽然我没有见过你，但我的心里已经被你占据等类似的内容。

现代人可能不会写出这么直白的情书，但是与初次见面的对象互相交换电话或电子信箱时（就是古人第一次寄出和歌的那瞬间），一定都希望对方能对自己有好感。第一次传短信给对方，可能会写上"我的心脏紧张到扑通扑通地跳个不停"，写到心脏这个词时，可能还会用一些可爱的心形图案替代。我想，很多人都会像这样，费尽心思想要得到对方的好感与注意。

其实，不管是男人或是女人，只要是接到来自异性的短信，多少都会觉得开心。如果能在短信中发现对方的小巧思，说不定就会因此被感动。虽然现实的状况是，那些巧思其实没有多大的意义。

不过，大多数的女人都明白，自己在回复短信时，如果加上可爱的图案，对方通常会觉得自己很可爱，能给对方好印象。当然，有时候也会故意不加，让信息看起来比较严肃，借此测试对方对自己的想法。由此可知，无论是现代人传短信或是古人互赠和歌，其实都在享受恋爱的过程，即使等待的过程让人煎熬，却没有任何事，能比收到心仪对象的回复更令人雀跃。

在《源氏物语》里，光源氏连与自己一夜情的对象，也会在分开后立刻送和歌给对方。他还写道："虽然刚刚才和你见过面，但分开之后，我的心就感到特别寂寞"等，类似的内容表达自己的感情。而收到和歌的女人或许会回复："骗人！你应该和每一个女孩都这样说吧？"也可能会回复"从此之后，我的心只为你跳动"这类的话，就是这样有来有往，对彼此才会愈来愈难忘。

这其实和现在的人搞暧昧、约会的方式很像。许多人在约会当天，可能只是约好一起吃饭，但是分开后一搭上车，就会在车上发短信给对方："今天的约会很开心，期待下次再见。"我收到这种短信时，有时候会想，明明刚刚才见过面，这些话其实可以当面告诉我，不用再浪费钱发短信。不过，后来想想，事后发送的短信，和面对面直接告诉对方，感觉还是有差别。

通常约会结束后，男人会一边期待女人传短信给自己，一边想着对方会传送什么内容来。从对方传来的内容，就可以判断对方喜不喜欢今天的约会。即使回复的内容只是短短一句"下次还要再约我哟"，都能让男性燃起莫大的希望。

然而，有些人原来就不擅长用文字表达自己的感情。可能只是简单写几个字："今天谢谢你。"这已经是他们的极限了。这样的人因为无法用信息取悦对方，通常在认识异性时会比较吃亏。

这就像平安时代的人以和歌来判断一个人的教养、品格一样。即使只是透过和歌，隐晦地向对方表达自己的关心，对方一定都能感受到。当然，如果是个思想怪异的人，也会从他的和歌表现中现形。在不少经典名著中都曾出现，女人因为男人寄来的和歌太普通，而拒绝对方的故事。因此，在那个时代，和歌就成为判断一个人的基准。

总之，不管是互赠和歌或是互传短信，都是男女恋爱的方式之一。即使收到不是自己喜欢的对象传来的短信，也要经过一番思考，才能回复对方而不会破坏关系，这需要仔细计算并有技巧的应对。虽然，只要明确地回复"不好意思我今天没有空"，就可以让对方死心，不过，一旦这样回复，就代表游戏结束了。

在现实生活中，无论男女，对于爱慕自己的对象，只要对方不会死缠烂打或像跟踪狂尾随自己回家，基本上都不会直接拒绝对方，因此，收到对方的短信时，就必须花点心思回复。

爱情中让人念念不忘的时刻，通常是在两人关系暧昧不明的时候，有些人甚至对于恋爱兴趣缺缺，却对暧昧时男女的攻防乐在其中。因为每个人对于选词用字的能力不同，最后发出去的短信，都会展现出个人的风格。这往往会成为对方应对的根据，简单地说，这种互动就像下棋一样，如果一下子就将军了，那就失去乐趣了。得看着对方怎么移动棋子，再思索自己该进攻或防守，这过程通常比赢得胜利时还快乐。

如果你了解这个逻辑，就会明白紫式部在《源氏物语》里下了多少功夫。她必须为一百个以上的人，创造不同的个性，再写出符合他们个性的和歌。对于粗枝大叶的角色，就必须在和歌中呈现出有点粗鲁的感觉；对于个性迷人的角色，就得用和歌展现出那个角色迷人之处。这样的功夫，是让人难以想象的大工程。

用平凡的文字，写出诚挚的关心

经过这样的思考以后，我再一次感受到《源氏物语》在日本文化中的重要性。

我认为，现在的日本人这么喜欢传短信、邮件，多少是受到《源氏物语》的影响。

当移动电话还没发明时，日本人就已经很频繁地使用电子邮件沟通大小事，等到行动电话普及后，大家开始疯狂地互传短信。

虽然，在日本以外的国家，也有许多人使用手机传短信。我看过用韩文写的短信，也经常在美国电影中，看到主角的手机亮起"你有新信息"的提醒。所以我当然清楚，世界上几乎每个国家都会使用手机互传短信。

不过，我认为没有一个国家，像日本国民这样喜欢使用手机传短信。日本人在手机开发出短信功能后，就因为感觉好玩、方便，几乎所有事都用短信沟通。只有在紧急状况，或是有重要的事需要口头说明时，才会用电话联络，再不然，就是情侣查岗时，会打电话确认彼此的行踪而已。也可以说，短信已经成为现代人表达关心的渠道之一，更是人际关系的润滑剂。

平安时代的人用和歌谈心，也是一样的道理。

我在第二章说过，《源氏物语》是日本民族文化的基础，甚至影响了我们现在的行为表现。虽然没有人刻意告诉我们，但只要看过《源氏物语》就会知道，书中不断出现的和歌往来，其实就是连接人与人之间，心灵交流的重要沟通方式。受到这本书的影响，我们也自然而然地认同，有能力建构出良好人际关系的人，才能成为有智慧的人。后来，这就成为整个国家文化的根基。

因此，当手机可以被用来传短信时，连小学生都知道，这是用来与朋友联络感情的好工具。

我曾经在车站，不经意地看到别人的短信内容。我并不是偷窥狂，是因为她就站在我前面，而且是一位比我矮很多的女生，当她正在打字时，穿过她的肩线，我看到了一小部分的内容。还记得，她是一位打扮入时的年轻女性。

不经意看到短信内容，为其敏感纤细的情感大吃一惊：

总是当他的垃圾桶，听他大吐苦水，我想你应该也累了吧。

我想，这应该是她要发给同性友人的短信，内容大概是在安慰对方，为了体贴别人做了这么多，自己却因此精疲力竭。她并没有深入挖掘对方内心的想法，只是不经意地表达自己能理解对方的感受，让对方感觉自己与她站在同一个阵线。原来是如此细微的事情啊，不禁小感动。

像这样体贴、不深入挖掘对方的隐私，还能保持人与人之间的心灵交流，正是从日本文化衍生出来的情感交流方式。这样细腻的情感，我直觉认为与《源氏物语》中细腻的表现有关。

或许有人会觉得这个结论过于牵强，虽然那个女生能写出这么贴心的短信，搞不好在课堂上听老师讲解《源氏物语》时，根本都在睡觉也说不定。

不过，国家文化不只能在课堂上学到，更多是在与人相处时，透过彼此的行为互相影响，渐渐产生的文化教养。这么来看，我的说法还是有几分参考的价值。

第四章 随笔不是随便写,是高手腕的骂人

这一阵子，"随笔"这个名词已经很少听到了，以前我们称为随笔的作品，最近普遍会改说Essay。来邀请我执笔的稿件邀约，也不再有人说请我写随笔，全部都改口说请我写Essay了。

严格来说，随笔与Essay有一点点的不同。在日本文学中说的随笔，是指将杂事随时记录下来的意思，并不需要逻辑，也不需要强硬坚持自己的意见，就是用笔将自己当时的想法轻松地写下来而已。

与此不同的，流行于英国的Essay，是针对某个主题，以不规则、没有条理的方式记述及说明。有条理的汇整记述就会变成论文，而不是论文的杂书随笔就是Essay。但是Essay一定有一个主题，与心里想到什么就写什么，没有任何主题的随笔不同。

落魄者自我感觉良好的代表作：《枕草子》

日本的第一本随笔文学，毫无争议地是清少纳言于996年到1001年左右所写的《枕草子》。《枕草子》的书写年代比《源氏物语》更早一些，作者将自己想到的事全部写下来，像一本单纯记录自己感想的日记，是日本最早的随笔文学。

书里记录了"春天天刚亮时最让人感觉愉快、夏天则是晚上、冬天是早晨"等，这一类个人对日常生活的观感及随想，让人可以体会作者当时的感受，而感觉愉快。除了感受到女性特有的感性，也让人感受到知性。

其他还有：什么样的昆虫比较好，星宿的话比较喜欢昴宿，比较喜欢什么样的树等。像这样的内容，看来只是单纯地列举自己的喜好，但清少纳言的列举方式却有自己的道理，很容易得到多数人的认同，影响力之大让人惊讶。

不过，当你产生认同时，她会突然改变话题，转而谈论别人的坏话，写着那个人让人讨厌、某个人很差劲等，就像一群人在闲聊一样，让人不禁暗忖，只有女人才会这样写。

而且，清少纳言很诚实，连自己的恋爱经验都忠实地写出来。例如在第二十五段，命名为"真扫兴的事"中，她写下了这样的内容。以下是我翻译的：

> 常常来串门子的男子不再来访，真是让人扫兴。我知道他被在宫中负责侍奉、有身份地位的女人抢走了，也知道自己不可能抢赢，因而哭到睡着，真让人生气。

这么诚实的清少纳言，让人感觉特别有趣。用关西年轻人的语调来讲，清少纳言真是"女丈夫"。

接着我们来思考，为什么她要写下《枕草子》这本书？想要通过这本书传达什么信息呢？

清少纳言是侍奉一条天皇之妻中宫定子的宫女。当时,中宫定子的身边聚集了很多才华横溢的女孩,呈现出光辉灿烂的宫廷样貌。

没想到,定子的父亲藤原道隆过世,定子开始失势。之后,道隆的弟弟藤原道长抢夺政权,并安排自己的女儿彰子入宫。因此时势就转向彰子中宫(此时,紫式部在彰子的宫殿里任女官)。

红颜薄命的定子逝后,清少纳言开始写《枕草子》。也许当时她希望通过《枕草子》,让世人看到她的气质与才华,知道她是受到定子中宫的教养,趁机提升定子遗孤的地位,自己也能因此受惠。《枕草子》其实是要表达,虽然时势对我们不利,但定子中宫及在她身边的我们,是这么有才气且知性,并没有比别人差。

因为隐藏着这样的目的,所以《枕草子》不管怎么看,总令人觉得有些自负。再加上清少纳言的个性,《枕草子》就变成语调高傲的随笔文学了。

但这就是日本随笔文学的起源,对于时势不再的人,依然能对自己感到骄傲,我觉得很了不起。与正在时势权力中心的人自夸比较,失势者还能保有自信,会让人更敬佩。反过来看,权势霸者的自夸,给人一种缺乏自信、必须靠着自夸来壮大声势的感觉。

日本的第一本随笔文学,就是在这样的背景下产生的,这也成为日本随笔文学最大的特征。我认为后来的随笔全都在不自觉的状况下,受到《枕草子》的影响。

在迷惘中漂泊：《方丈记》

在镰仓时代初期，鸭长明在1212年创作的《方丈记》是日本的第二本随笔文学。但是《方丈记》严格来说不像日本的随笔文学，而是比较贴近英国或法国所说的Essay。

我前面已经说明过这两者的不同，Essay不是想到什么就随便写什么，而是必须设立主题，为了将这个主题传达给其他人，要思考整体的书写架构。《方丈记》的主题，就是要表达人世间的诸行无常。

例如，在《方丈记》的开头提到：

> 河水源源不绝，随着河道奔流而去，河川中已经没原来的水了。水面上泛起气泡，气泡有时会消失，有时又会产生新的气泡，这么多气泡没有哪一个是恒久不灭的。这世上的人和他们的居所，就如同河面上的气泡一般。

这意思是指，世界上所有的东西，都和河面上的气泡一样，无法预测什么时候会破灭，家也是一样的。

在这本书的前半，鸭长明不断解说佛教的无常观。为了说明我们无法预测这个世界里所有的事，他还举了实际发生过的火灾、饥荒、大地震等天灾说明。感觉他是站在世界即将面临末日的立场来解说的，某种程度来说，这是一本冷静到有些悲观的记录文学。

在作品的前半段,他都在感叹,人总是在寻找可以让心休憩的场所却始终没有结果。后半段则是一百八十度大转变,开始写他五十岁时抛弃凡尘俗世,进到山中建立方丈草庵居住,述说他的草庵生活有多快乐及安稳。主要是要劝诫世人,应该抛弃所有世俗欲望,用自己内心期盼的悠闲步调过生活。换个说法,就是在告诉大家,抛弃世俗的人有多幸福。

到此为止的整个故事架构,首尾都很顺畅。针对一个主题,表达人世无常,作品整体紧扣主题。也因此,我认为这本书是比较接近英国的Essay文学。

但是鸭长明讲完他的主题之后,并没有就此停笔。在《方丈记》的尾端,作者的思绪开始变得杂乱,如同在自我批判,他说:

> 佛说,我们不能对于任何事物有过于执着的心。但我现在喜爱简陋的草庵,喜欢一个人独居,这些不都是个人的喜好吗?我的内心要往佛所在的道路前进,但我现在不就是受到邪念诱惑吗?我试着问问现在的自己,却找不到答案。现在我能做的,就是不断地念佛唱名而已。

这样说起来,他在前半段强力主张世事无常,还宣扬抛弃世俗的人是多么幸福,最后却推翻了自己的说法。因此,他等于是在告诉大家,我虽然这么想,但依然有执着,没有参透这个道理。

简单来说,他就在"未能贯彻自己的主张,而执着于草庵独居的我,或许还有迷惘所惑"的疑惑中,完成了这本书。

以Essay来说,《方丈记》的结尾稍显凌乱,欠缺首尾一贯的整体性。其实,他的结论比较接近日本随笔的处理方式,对日本人来说,这样的内容反而比较容易理解。他并不会强硬地坚持他自己的想法,在迷惘之中寻找答案,更有一种无法言传的深意。

清少纳言是位女性,而鸭长明则是男性,男女的不同,在这一点很明确地显现。因为已经不在权势中心,清少纳言自负地谈论自己的优点。而鸭长明因为是男性,远离权力后多少有些寂寞、封闭,因此,他才会写下,"其实愚昧的我也还在迷惘中"这样无言的结尾。这两者的差异其实很有趣。

虽然有这样的差异,但是《方丈记》与《枕草子》仍属同一性质的作品。也就是说,日本的随笔是权力核心之外的人所书写的。

鸭长明本来是备受赏识的人才,他歌艺才能曾被高度看好,还曾经获选为《新古今和歌集》的编辑之一。他也被后鸟羽天皇擢选,推荐他到下贺茂的河合社担任祢宜(编按:神社里神职者)。但是受到部分的人反对,事情进展得并不顺利,没想到他就从宫里失去踪影,最后出家过起隐居的生活。

鸭长明的这个部分,很像文人的生活方式。对于出人头地他并不强求,在某一瞬间突然对任何事物都不感兴趣,进而抛弃世上所有一切。最后认为自己的生活方式才是最美好的,因此动手写下随笔文学。

后来,鸭长明被镰仓幕府三代将军源实朝推荐为和歌老师,曾经到镰仓居住,但是他觉得生活过于空虚,因此过了三四个月以后,他又搬回山中的草庵去了。我认为,鸭长明就是因为无法顺势掌握出人头地的机会,才能写出《方丈记》这本随笔文学。

集所有恶帖之大全：《徒然草》

《徒然草》是镰仓时代后期，约1310年到1331年左右完成的作品。作者是吉田兼好。《徒然草》是日本随笔文学的第三本书，决定了日本随笔文学的形式，因此对日本文学来说具有重要的意义。

我想，大部分的人对《徒然草》的第一段应该很熟悉了：

> 又度过无所事事的一天了，每日生活，就是对砚枯坐，不管好事坏事，随心流逝，不经意书写，写出一堆让人不知所云的内容。

意思是，任闲暇流逝，将心中所想随意留诸笔墨，不能停笔，竟鬼使神差成就一堆无聊之事。

从作者写《徒然草》的执笔态度来看，非常符合日本随笔的特色，并不是因为有特定的主题才开始书写，而是将一个接一个浮现心头的想法，随性地写下来，这才是日本随笔文学真正的态度。

再来是书写形式，很明显《徒然草》是模仿《枕草子》的作品。两者皆用段落的方式呈现，将很多简短的段落排列组合而成。

《徒然草》的内容，有对于自然或人生的感想及思考，也有对人生感到无常的内容，亦有书写恋爱的段落。有谈论为政者心态的部分，也有富有宫廷色彩的故事。有不管什么都觉得过去的比较好的发言，也有从某个名人学到很多技艺的言论。有通过流言蜚语嘲笑别人失败的内容，也有不经意透露自满的话题，或自由自在，用幽默风趣的语调陈述世间的教诲。

这正是日本随笔文学的风格，内容包含了各式各样的话题及思想，不会让人觉得无趣。

我们来看看《徒然草》的几个段落，有些例子是我大胆用自己理解的意思翻译的，好让读者更容易理解：

第二十二段：

不管什么事物，我都觉得过去的比较好，现代的东西，只让人感到杂乱与粗糙，比如木匠所做的器皿，老东西还是比较有品味。像是书信的遣词用字，我看以前的人所书写的，觉得旧书信还是写得比现在好。现在的东西真的没得比。

第五十六段：

很长一段时间没有见面，久违重逢之后，不断述说自己身边发生的事，说到浑然忘我。光听他说话我都觉得疲惫。因为很久没见了，有知识的人，应该知道要顾虑一下对方的感受。

没有教养的人，就算只是出门一下子，对于自己的所见所闻，都会感到兴奋而说个不停。这样的人真是没品。

第七十八段：

只有笨蛋才会对最近流行的新奇事物到处宣传、极力赞扬。与此相比，总是追不上世间潮流，不知道世界流行什么的人，才是真正有深度、有内涵的人。

还有那些，在宴席上明明有刚刚加入还不太熟识的人，却老是用自己习惯的用语，或朋友才知道的秘语交谈、使眼色、目中无人地大笑，让一旁不懂意思的人觉得自己很笨，才是真正没有见过世面的人。只有缺乏教养的人才会做这种事。

第一百一十七段：

有七种人绝对不能当朋友。第一种是身份高贵的人，第二种是太年轻的人，第三种是完全不会生病、身体健康的人，第四种是喜欢酗酒的人，第五种是有勇气的武者，第六种是喜欢说谎的人，第七种是欲望很深的人。

有三种人可以当朋友。第一种是会给我们东西的人，第二种是了解药性的人（医生），第三种是有智慧的人。

第一百三十七段：

在樱花盛开的夜晚，是否只有欣赏没有阴影的满月才是好的呢？有时想象因为下雨而看不见的月亮，或是躲在家里，没有发现春天已经来到，好像比较能感觉到不同的情趣。即将开花的树梢，或是花朵散落一地的庭院，也是很值得欣赏的风景。像歌词里写着，"本来要去赏花的，却已经散落一地"，或是"因为不方便的理由而无法外出"等，我不觉得这种风景比赏花逊色。惋惜花落，羡慕月有阴晴圆缺都是理所当然的，只有不解风情的人才会说"这个树梢、那个枝头的花都掉落，已经没有什么欣赏的价值"。

不管是什么，比起全盛的时候，刚刚要开始以及快结束前才更值得品味。男女情爱也是一样，并不是只有开开心心见面才是最好的。品尝不能见面的无聊，体会不能履行承诺的恨意，体验自己一个人度过漫长夜晚，将思念托付给天上的白云，在杂草丛生、荒废的小屋里回忆过去的恋情等，才是体验人生。

第一百五十一首：

有人说，五十岁以前学不会的艺能就不要学了。到了五十岁才要努力学习，也没有美好的将来。上了年纪学习，别人也不好说什么。这么大年纪还要跟着大家一起，这样的姿态看起来一点都不可爱，也不好看。年纪大以后，最好什么都不要做，让自己看起来很悠闲，会让人感觉比较愉快。在意世间俗事，度过自己一生的人，怎么看都像傻瓜一样。对于自己觉得有趣的事，应该要先学习体验，等到学过了，大概了解是怎么一回事之后，就停止学习。当然最好的是，一开始就不要有想学习的欲望。

作者吉田兼好是一个喜欢恶作剧的老头。如果你阅读我在前面介绍的几个段落，就可以了解，他是如何恶毒地批评世事与他人。其他还有"这个世界上如果有头脑不够聪明的人，会让人感到困扰""老是假装知道的人的样子，总是让人觉得讨厌""以为大家说好看的东西就是美的粗鄙之人还满多的""老了以后还想要学习的人，真让人看不下去"等，他的书里写满了这一类的酷评。

但是，恶毒的批评正是《徒然草》精彩的地方，也是价值所在。他不断批评与数落这个世界，让人感到很好笑。

吉田兼好也是一个脱离时势生存的人。他出生于名门神官之家（编按：吉田家原姓卜部，为日本古代以占卜为务的神官），曾到宫中担任官职，并且成为有名的和歌诗人。而他与足利尊氏及其家臣高师直（编按：？—1351年，镰仓时代后期至南北朝时代的武将）都有深厚的往来。

但他却渐渐讨厌世俗，最后出家隐居。他取自己本名兼好为号，成为"兼好法师"。之后，他就以非凡尘俗子的旁观角色，开始写训斥及讥笑世人为傻瓜的随笔。

例如，当他写到"五十岁以后，最好不要再想着要学什么"，他一定不只是针对一般大众做文章。当吉田兼好在写这一段文章时，他头脑里一定浮现了某个人的脸。他一定是看到哪一个人，都五十几岁了，还为了出人头地拼命学习，他觉得看不下去，才会写文章讽刺对方。

当然，他多少也因为庆幸自己不是这样愚蠢的人，而感到自豪与窃喜。他深深觉得自己从这种让人丢脸的欲望中解脱，能不受任何拘束地生活，是一件很了不起的事。

他是为自己感到自豪。这样的心情还能引发读者的共鸣，而且，吉田兼好是拥有高超写作技巧的名人，因此，愈是毒舌的内容，就愈让人觉得特别有趣。

《徒然草》在日本文学上占有一席之地，有一部分甚至被编入日本中学的语文教材中，但当时学校只教学生一些可有可无的训诲内容，我觉得这是一件非常可惜的事。例如，关于仁和寺的法师因为没有解说及导引的人，独自到了石清水八幡宫去参拜，却没有到本殿就回家的这一段内容，在语文课本上，都解读成要学生理解，人生中需要有解说及导引的人、人生导师有多重要。老实说，这样的内容一点都不有趣。

与其认真去思考教训的意义，我认为应该要理解的，是吉田兼好的毒舌与坏心眼。例如读到仁和寺的法师，被大鼎罩住无法脱身，把自己搞得鲜血淋漓的内容，就应该要想到，吉田兼好其实把法师当成傻瓜，打心里耻笑他。他在这里表现出来的是耻笑别人、把别人当成是傻瓜的心情，但学校的老师，大多只是以此作为滑稽的失败经验总结而已。

想用轻松有趣的方式看《徒然草》，就要学习把吉田兼好的斥责当笑话看。把他写的内容，当作已故的生幸朗、生惠幸子大师夫妇的漫才相声（编按：类似中国的对口相声），把他的抱怨当成喜剧看才行。笑过之后，你一定会由衷感觉，他犀利地道破了世俗琐事。

有智慧的人所写的随笔，必须让人感受到，他用高明的手法，犀利地道破世俗琐事。在这样的人眼里，这世界上总是充满让人看不过去、令人生气的事。因此，他们面对这样的世界，就只能用有智慧的方式表现他们的不以为然，并感叹没有人了解他。这就是日本文学中的随笔，而吉田兼好就是明确树立这种随笔风格的人。

男人的牢骚、女人的自豪，都在随笔中展现

兼好通过书写《徒然草》，创作并确立了日本知性随笔的雏形。因此就算到了现代，如果有人需要写随笔，都会想到模仿吉田兼好的写作方式。

随笔等于对这个世界的批评，这样的公式明确成形后，现代人也开始通过随笔，指责社会上不合理的现象。

比如说，当有人邀请你写一篇随笔，就表示希望你提出对这个社会独到的见解、任何奇怪或错误的现象。大家也会开始发牢骚。因此，《徒然草》可以说是日本随笔的原型。

年轻时读过《徒然草》的男性，经过年岁累积成为大人以后，如果有人请他写一篇随笔，他一定会因为终于能抱怨世俗的愚昧而感到开心。而且，年纪愈大的人，对于这个世界及社会，愈有堆积如山的不满及抱怨，根本不用担心写不出来。

他们对于年轻女性在电车里化妆、年轻人不懂得察言观色，或是日本只能看美国脸色、听美国指示做事，以及敬语被随便乱

用等，所有一切都看不顺眼。当他们写下"日本已经不行了，应该要学学我这样做"，就能感觉心情变好。

在这方面，吉田兼好的《徒然草》成为日本知识分子的随笔模板。大家对于像吉田兼好一样毒舌地批评感到开心、兴奋。

不过，这些都只限于男性写的随笔，女性写的随笔就不是这样。这让我对于传统有这么大的力量而感到惊讶。女性写的随笔范本，竟然是清少纳言的《枕草子》。也就是说，女性所写的随笔，不管他们写的内容是什么，将她写的内容汇整，会发现她们都是对自己的思考方式感到优越、自豪。

无论过去与现在，女性写的随笔都拥有高度的技巧，但如果只是稍微看一眼，并不能看出她们的本意，是对自己感到自豪。有些反而还会刻意将自己的地位降低，或是刻意矮化自我，强调自己冒失的地方，这种书写方式甚至有加剧的倾向。例如现在有些女作家，会从"我是败犬"这样的话题开始写。

但是不管叙述方式多么多元，女性写的随笔，实际上想要表达的就是：这么冒失的我，其实思考方式是很优秀的，不知道你们能不能感受得出来？

这并不是坏事，表示大家都理解清少纳言是多么优秀的人。

当女性想要写随笔时，就会幻想自己是清少纳言。而男性则会因为轮到自己发言而感到开心，变身为吉田兼好来痛骂这个世界。总而言之，不管是男性或是女性，觉得自己的思考方式比别人优秀，认为自己是知识分子，将这样的自豪心情表达出来，就是随笔。因为这样的结论，让我就对古文强大的影响力感到惊讶。

但不管是吉田兼好或是清少纳言（当然还有鸭长明），他们都是活在权势中心之外的人，也因此他们写下的这些随笔文学，才会引起一般人的共鸣。如果他们是生在权势中心的人，并对自己的生活感到自夸与自豪，那么他们的作品，就会让人兴趣缺缺。

就像是一流大公司的董事长，写自己以诚实及热心为信条而活的随笔，总是让人觉得不怎么有趣。日本经济团体联合会的大人物，书写希望今后的日本，能够怎样进步的随笔很搞笑；有钱人的太太，写出人与人的相遇都是值得感谢的随笔，只让人觉得装模作样。

读者有这些反应都是很正常的，因为日本的随笔，是那些怀才不遇的人，对于自己在逆境中不但不感到失意，反而自豪于自己的处境而诞生的。虽然言论有些偏颇，却具有某些值得倾听的真理。

在这样的意义上，吉田兼好的《徒然草》与清少纳言的《枕草子》，除了是随笔的两大范本以外，也是最高的杰作。

从研究随笔中我得到一个结论，随笔就是，即使很自负地大谈自己的想法，也能被其他人接受，这是一种需要高度写作技巧的精彩创作。

第二部
吵、闹、低俗，愈能展现生命力的愈好看

第五章 人性欲望蠢蠢欲动:《平家物语》与《太平记》

第五章 \ 人性欲望蠢蠢欲动：《平家物语》与《太平记》

许多人都能默背《平家物语》第一卷开头的文章，这一段非常有名，是在诉说世间的无常：

> 祇园精舍的钟磬，敲出人生无常的响声；娑罗双树的花色，显示盛极必衰的道理。骄奢者不久长，犹似春梦；强梁者必消逝，恰如轻尘。

简单地说明一下，祇园精舍中的精舍，是梵文中寺院或僧院的音译，相当于寺庙的意思。而祇园，则是祇树给孤独园的简称。祇园精舍是某位施主为释迦牟尼所捐赠的，提供给他作为佛教修行场所。

在这里，我想谈谈与祇园精舍有关的故事。古印度有十六大国在拘萨罗首都舍卫城，有一位名为须达多（Sudatta）的施主。须达多原本就是一位乐善好施、乐于帮助弱者的富人，后来一心向佛，皈依释迦牟尼。因此，他为释迦牟尼佛及众僧，捐赠了他们修行的场地。

他向地主的儿子波斯匿王之太子（祇陀太子）购买园林，盖了精舍、修行大堂、厨房及厕所等，让释迦牟尼及僧人在雨季也不用担心淋雨，提供给他们可以安心修行的道场。

祇树就是祇陀太子之林的意思。取这个名称，是为了表示这里原本是属于祇陀太子。而给孤独，是须达多的另一个名字。在汉语佛书当中，称须达多为给孤独者食物之人，经过翻译之后，也称须达多为给孤独长者。

总之，因为须达多从祇陀太子手上购买了林园，并奉献给佛陀的典故，所以称为祇树给孤独园，简称祇园。

据说祇园精舍的遗迹，位于现在印度北方邦北部的舍卫城南郊。

祇园精舍曾经因为许多佛陀弟子在此修行而繁荣一时，但是很快就没落了。

日本人对于毁灭的美没有抵抗力

《西游记》中的主角唐三藏本尊曾经在7世纪时，到过祇园精舍，不过玄奘大师经过的时候，祇园精舍已经荒废了，他也将祇园荒废的状况记录下来。

可能因为这样的内容传到了日本，因此产生了曾经繁华的祇园精舍，现在已经杂草丛生，大钟的声响，更加让人感到凄凉与寂寞的说法。

实际上，这是日本人错误的印象。寺院里摆放大钟，是日本的风俗，在印度的佛寺里，根本没有摆放大钟。因此，祇园钟声的说法，不过是因为误解而产生的。

第五章 \ 人性欲望蠢蠢欲动：《平家物语》与《太平记》

接下来，我想简单说明，娑罗双树[1]花色的由来。传说在释迦牟尼涅槃之际，在他的四方各有两棵娑罗树，不知道是不是因为对于释迦牟尼的死过于悲伤，树上的花朵在一夜之间全部变成白色，才有了娑罗双树花色的传说。

因此，祇园精舍的钟声，仿佛诉说着人生无常，而娑罗双树的花色，则让人体会，不管经历多么辉煌的人，最后一定也会消逝的真理。一时骄傲的人，得意的时光不会太长，就像春天做的梦一样，一下就会清醒。

这是《平家物语》非常著名的篇章。因为《平家物语》讲述的，就是曾经极致繁荣的平家一门，如何逐步走向灭亡的故事。在日本文学当中，这本书非常有技巧地呈现毁灭之美。

在我们讨论随笔文学时，也曾经讲过，在日本，并不认为身处权势顶端，是值得羡慕的事。反而是从权力争夺战中失势的人，或是自己离开权势中心、抛弃世俗的人，才受人尊敬。大家喜欢看这些人写的文章，批评周遭的人为了出人头地辛苦工作，追求虚无的世俗生活。感觉上，这些失败者写的作品，反而给人比较崇高的价值观。

就像曾经成为话题的女性随笔文学《败犬的远吠》[2]，书名正好符合日本人对于文学的喜好。

---

1 传说释迦牟尼在拘尸那罗城外、跋提河边的娑罗双树下入灭。相传释迦牟尼入涅槃时，娑罗树同时开花，林中一时变白，如同白鹤降落，因此又称为鹤林、鹄林，玄奘也曾造访过此处。
2 为日本作家酒井顺子的作品。书中提到："美丽且能干的女人，如果过了三十岁还是单身且没有结婚对象，就像是一只败犬"，作者以"败犬"自嘲，认为高龄单身女性就像是丧家之犬一样，遭受排挤。这本书大卖，让"败犬"这个名词获得 2004 年日本流行语大奖（由日本自由国民社主办，每年挑选可反映日本当年社会现象，且引起话题的年度大奖及前十名词句）。

战记文学也是一样，描写战败那一方的内容，比较容易让人体会灭亡的美，而感受到文章内容有韵味及深度。曾经夸称"非平氏者，非人也"（编按：没有平家，其他人就无法生存），极致繁盛的平家一门，在平清盛（编按：日本平安时代后期的武将、公卿、政治家）死后，也逐步走向灭亡。最后，在坛之浦战役[1]中，平清盛的外孙安德天皇投水身亡，结束平家繁华的时代。

在这个战役中获胜的源义经，如果因此而出人头地，进到镰仓幕府成为重要人物，在文学上应该就会被归类为恶党。但是源义经没有受到哥哥源赖朝的信任，反而受到通缉与追捕，因此世人对于源义经的印象，也是个由盛转衰的灭亡者，使他成为令人怜惜的悲哀英雄。

由此可看出，在日本文学里，"败者为王"是不变的道理。

平家的故事是历史，也是文学

《平家物语》是将琵琶法师一边弹琵琶一边讲述的故事，汇整成书的文学作品，因此并不知道作者是谁。有人说信浓前司行长是作者，实际上，他并不是原作者，只是后来编辑的人。如果你不是研究学者，其实不需要过度考究《平家物语》的作者是谁。

不过，有一点一定要弄清楚，《平家物语》并不是一本史书，

---

[1] 坛之浦之战，发生于日本平安时代末期，为源平合战的最终战役。屋岛之战后，平家撤退到长门的彦岛据守，而源范赖和源义经兄弟在对岸布阵对峙，最后平家灭亡。

第五章 \ 人性欲望蠢蠢欲动：《平家物语》与《太平记》

而是一本文学作品。虽然内容绕着平家一族灭亡的历史发展，但从波澜壮阔的情节本身来看，这是一个凄美、悲伤的故事。

对于平家灭亡的历史，只要是成年人应该多少了解其中的过程。在这边，我为年轻一辈的人稍微解释一下。

首先，平清盛在保元之乱后，赢得后白河天皇的信赖而成为太政大臣（编按：是日本律令制度下最高官位）。在后白河天皇的周遭，有一群企图推翻平家势力的人，但他们的阴谋被平清盛识破。其中僧侣俊宽被流放到鬼界之岛。关于俊宽的悲剧，后来成为表演能乐或歌舞伎的著名戏码。之后，后白河天皇的第三皇子以仁王举兵讨伐平家，却在宇治的平等院中激战而败死。

平清盛后来迁都到福原，就在此时，流放到伊豆的源赖朝举旗兴兵，在富士川战役中获得胜利。同时，源赖朝的堂弟木曾义仲也从信浓举兵，平清盛后来死于热病。

由于木曾义仲逼近京师，平家人不得不自京都撤出，带着安德天皇逃往西国。这时义经[1]登场了，义经接到哥哥源赖朝的命令，先讨伐在京都烧杀掳掠的义仲。

在西国恢复势力的平家，将大军集结在一之谷，义经采取山中迂回的战术，潜入一之谷袭击，平家只能急忙搭船逃到四国。十六岁的吹笛名手平敦盛，就是在此时与熊谷直实交锋而战死。

接着义经又袭击四国的屋岛，平家无法招架而逃到长门，弓

---

1 源义经生于日本平安时代末期，是河内源氏的武士，为源义朝的第九子，父亲源义朝在平治之乱中为平清盛所败后，源义经在七岁时被送到京都鞍马寺学习。之后他投奔奥州，受到奥州藤原氏当家藤原秀衡的庇护。长大后，源义经与兄长源赖朝一齐举兵讨伐平家，在著名的战役源平合战中战功彪炳，威名显赫。但兄长源赖朝对他有所猜忌，发布通缉命令追捕义经。义经走投无路，在高馆自尽，是日本人爱戴并同情的悲剧英雄之一。

箭名手那须与一只用一箭就射中扇子的故事,就是发生在这个时候(编按:据说当时平氏将一只扇子放在船头,挑衅源义经的军队,认为没有人可以射得到,结果被那须与一一箭射中)。

在那之后大约过了一个月,义经攻击在坛之浦的平家。清盛之妻二位尼(俗名时子)抱着幼小的安德天皇(清盛之外孙),告诉他"海底也有帝都",随后投海自杀。

虽然,安德天皇的母亲建礼门院(编按:清盛之女,高仓天皇的皇后,俗名德子)也随后一起跳入海中,但她被草耙[1]勾到而获救。最后,建礼门院出家,在大原内地的寂光院修习佛道。

至于义经,因功高震主受到兄长的憎恨,无法进入镰仓,他离开京都到吉野隐居,后来又经过北陆路到了陆奥国,最后受到讨伐而自尽身亡。

总之,《平家物语》就是以平家兴起到灭亡的故事为轴心,汇整了在历史上发生过各式各样的事件,包括战争、恋爱、功名、闲谈等,是一本述说各种悲伤故事的文学。在这本书里登场的人物,以及关于这些人物的小插曲,都是我们平日耳熟能详,甚至后来很多都成为能乐或歌舞伎的题材。虽然,平家在坛之浦战役中灭亡是发生在1185年,但《平家物语》被整理成我们现在所看的版本,是在1195年到1221年之间。也就是说,《平家物语》与鸭长明的《方丈记》是在同一个时期完成的作品。

---

1 草耙日语称为"熊手",是耙的一种,耙头呈扇形,除了作为工具使用外,也可以作为冷兵器使用。草耙也寓意抓住福气和财富,这种有特别装饰的草耙称为"缘起熊手",常于十一月酉日举办的酉之市中售卖。在日本新年会作为一种年饰,新年前人们会把缘起熊手挂在墙上。

老头子的黄色书刊：古典情色文学

在这里，我想离题聊聊比较不正经的作品。不知道有多少人知道，其实有许多以坛之浦战役为题的情色文学。

在我年轻时，几乎全世界都知道古典情色文学，还成为许多人讨论的话题，但是到了现代，我几乎听不到这样的讨论了。也就是说，对于现在的年轻人来说，他们根本不知道古典情色文学。因此，在这里我要讲讲老头子的黄色书刊。

日本的古典春宫图之一《坛之浦夜合战记》，主要是描述义经前去拜访跳水后获救的建礼门院，俊男美女情不自禁，因此发生不可告人的秘密情事。

这是在江户时代完成的情色小说。不可思议的是，这样严肃的题材竟然能被拿来写情色小说。我想，《平家物语》在当时一定相当受欢迎，才会有后来《建礼门院》及义经的《坛之浦夜》等情色小说诞生。因为没有谁会拿一个乏人问津的题材，把它改写成情色小说。

我认为，这也是文学传承的一种方式。

例如，当我们提到义经与歌舞伎静御前，不管是谁都知道他们是一对恋人，因为是大家耳熟能详的故事，于是被改编成歌舞伎《义经千本樱》。

提起木曾义仲的妻妾，我们就能联想到有神力的巴御前（编按：她的父亲是木曾谷的豪族中原兼远，小时候和义仲一起长大，长大后相爱，身为武将伴在爱郎义仲身旁当二房。据传善用强弓,无论马上或徒步,无不百发百中,是一可当千的英雌。就像《进击的巨人》中的米卡莎)。据说巴御前在义仲受到讨伐,知道即将与义仲分别时,因为过于悲伤,徒手扭断敌兵的脑袋。

这些故事与传说,都多亏了《平家物语》才得以流传下来。

南北朝大乱斗,斗出战记文学

平家灭亡以后,日本就进入镰仓时代,但镰仓时代也没有历经太久的时间就灭亡了。虽然,源赖朝成为将军后成立了镰仓幕府,但源氏的将军只传位到第三代就灭绝了,接着北条氏开始掌权。此时,出现了想要歼灭北条氏的派系。

镰仓时代结束,接着进入室町时代。但在这两个时代交接之际,还夹杂了南北朝时代,极为混乱。

记录这个时代大变动的战记文学,就是《太平记》。这本书的描写从后醍醐天皇即位的1318年开始,到后村上天皇在位中的1367年为止,约五十年间的动乱世态。据说这本书是在1371年到1372年之间完成的。

传说《太平记》是由玄慧法印(编按:镰仓末期到南北朝时期著名的天台宗僧,也是位学者)开始书写,之后由小岛法师完成,但这只是关于作者的传说,并没有确凿的证据。在文学辞典上,针对《太平记》的作者说明,是说在足利氏统治下,由比叡山的学僧写成,由此可知,《太平记》不是由一个人独自完成的。

第五章 \ 人性欲望蠢蠢欲动：《平家物语》与《太平记》

虽然我在此要谈的是日本文学，而非深入考究日本史，但如果不了解北条氏如何灭亡、室町幕府如何成立，一定很难想象《太平记》到底在讲述什么样的内容。因此，我在此概略地介绍下当时相关的历史。

首先在历史舞台上出现的，是宛如怪物的后醍醐天皇。他虽然是一位卓越英明的天皇，但拥有很强的政治欲望，他希望掌握政治实权。

《太平记》就从后醍醐天皇计划讨伐北条高时[1]开始记载，天皇与日野资朝及俊基等一起计划讨伐幕府，没想到因为事迹败露而失败，资朝就被流放到佐渡岛。

过了几年，后醍醐天皇又再次计划讨伐幕府，但这次也是事迹败露，因此被流放到隐岐。此时为天皇奋战的，就是楠木正成（编按：镰仓幕府末期到南北朝时期的著名武将，后世以其忠臣的典范，被奉为武神）。

在这样的情势中，足利尊氏出现，攻陷六波罗探题，天皇的第一皇子护良亲王也举兵到京都，新田义贞更是乘机起兵，攻陷镰仓。最后北条高时自杀身亡，镰仓幕府就此灭亡（公元1333年）。

后来，后醍醐天皇在名和长年协助下离开隐岐岛、重返京

---

[1] 北条高时在任期间战乱不断发生，先有奥州虾夷的叛乱和安藤氏之乱，1324年，在京都的后醍醐天皇策动地方豪族起来讨伐幕府。后因六波罗探题（镰仓幕府所设，用以监视京师的机构）得知倒幕计划，幕府立即派使者到京都，逮捕日野资朝、俊基等主谋，并送至镰仓，此为正中之变。

都，并实施建武新政[1]，恢复天皇亲政的政治体制。

如果就这样改变成由天皇亲政的政治时代，事情应该会变得比较单纯。然而，事实上并非如此顺利。后醍醐天皇想要将以米粮为中心的经济改成货币经济，推行许多超越时代的激进政策，造成人心疏离。再加上他对有功武将的行赏不足，招致许多不满。这个时代的武士，只要能得到利益，不管是谁都愿意跟随。

在这么混乱的局势中，足利尊氏趁机扩大他的势力。虽然足利尊氏一度被逐出京都，逃到北九州岛，但他没有多久又重整军力，再度回到京都，在凑川之战获得胜利，而楠木正成则在此战中阵亡。

因此，在京都的后醍醐天皇逃到吉野（南朝），而在京都则有足利尊氏拥立光明天皇（北朝），形成南北朝时代（编按：足利尊氏根据光严上皇的院宣，废黜后醍醐天皇并遥尊其为上皇，拥立丰仁即位，是为光明天皇，建立北朝）。

在南朝，新田义贞及北畑显家等忠臣相继战死，后醍醐天皇也于1339年驾崩。

随着南朝灭亡，原本北朝的势力可以大幅增强，但幕府内部的高师直、佐佐木道誉、土岐赖远等武将的势力起了冲突。加上将军足利尊氏与弟弟直义不和，直义受到讨伐。最后高师直没落，尊氏亦死亡。接着二代将军足利义诠（足利尊氏的第三子）过世，由年幼的足利义满继任为第三代将军，从此足利幕府才回

---

[1] 镰仓幕府灭亡后，1333年6月后醍醐天皇重返京都，1334年改元"建武"。天皇的权力也进一步得到集中，设置中央最高机关记录所、杂诉决断所，重整天皇亲政的政治机构，史称"建武新政"。直到第二次世界大战结束前一直是皇权中兴的象征。

第五章 \ 人性欲望蠢蠢欲动：《平家物语》与《太平记》

归平静。

在《太平记》完成约二十年后的1392年，南北朝统一。

这样的历史插曲，由《太平记》撰写成波澜壮阔的故事。在这个时代出现的人物，每一位都是具有独特个性的勇敢武士，是非常精彩的内容。

删掉第二十二卷才准发行

《太平记》总共有四十卷，但是其中第二十二卷已经遗失。传说第二十二卷是因为足利尊氏施压才不见的。由于第二十二卷，刚好是写足利尊氏与弟弟直义关系恶化及谋反的内容，因此有一说，是足利义满后来令细川赖之（编按：将军义满的执事，执事又称管领，负责辅佐将军管理政务，相当于镰仓幕府的执权）将它烧掉的。由此可推测，这本书是由胜利者足利氏族主导编纂而成的。

其中关于后醍醐天皇的内容，特别地把他写成命运悲惨的明君，而为了天皇牺牲生命出战的楠木正成及新田义贞，则用很完美的手法，将他们写成了忠臣。如果不是仔细阅读，会以为这个故事当中最大的英雄人物是楠木正成，尤其正成与正行父子分离的场面，更是最有名的感人场面。在我的故乡名古屋市西区的庄内公园里，还有将楠木正成与正行父子分离场面重现的石雕像。看到身穿盔甲的武士与小孩互看的雕像，我还会想，这是怎么样的一个人物呢？

战前，在日本迈向军国主义的时期，大部分的人认为楠木正成是拥护天皇的正义使者，而足利尊氏则是反叛天皇的乱臣贼子，高师直等人还被评为恶劣的大坏蛋。

　　可见，除了消失的第二十二卷外，《太平记》可以说很公正地记录了双方的事迹。

　　在文学上比较《平家物语》与《太平记》，大部分的作家或文学研究者，都认为《平家物语》才是名作。因为《平家物语》将平家灭亡的悲剧，写出世间无常的美感，看过的人大部分都会同情平家的遭遇。

　　而《太平记》实际记录了事实经过，认为事实如此是莫可奈何的事，话题内容也比较杂乱，没有性格、事迹特别突出的主角。如果只将焦点放在北条家灭亡的悲剧上会很奇怪，若将足利尊氏当作英雄人物来看也不恰当。要是将后醍醐天皇当成超级英雄，又会感觉他实在是个怪人而无法苟同。自然而然地，拥护天皇的楠木正成与新田义贞，就成了得利的一方。用这样的手法，让人不知不觉间，认定其他人都是恶党，为了个人的欲望蠢蠢欲动。就文学完成度来看，《太平记》的书写手法就显得比较逊色。

　　然而我觉得，这是因为《太平记》本来就不打算描写凄美的故事，一开始就以政治为题书写，才会有这样的结果。《太平记》的书写者们一定都看过《平家物语》，我觉得他们在书写《太平记》时，都会意识到，不能写得和《平家物语》一样。人类受到欲望诱惑而蠢动，在欲望诱惑下，反复思考正确的政治应该如何运作。虽说有着许多不同史观的历史学者，多次将高潮迭起的历史翻案，但仍要依据不同的政治发展，思考如何公平评断相关人物，这才是《太平记》基本立场。

也有人分析，认为《平家物语》整体显得成熟与完整，让人没有想象空间；相对地，《太平记》风格平实接地气让人们可以有个人的想象空间。

确实，江户时代的人们普遍喜好《太平记》而争相阅读，因此非常了解其中的内容。当他们听到高师直的名字，很自然地就将他定义为恶党，而对楠木正成则留下伟大的印象。比起高尚的《平家物语》，有更多人精熟通俗的《太平记》。因此，江户时代的文学，受到《太平记》的影响比较深远。

《平家物语》是能乐，《太平记》是歌舞伎

在《启动文学全集》这本书中，三浦雅士提出"成为能乐题材的是《平家物语》，成为歌舞伎题材的是《太平记》"这样的观点。这真是有趣的分析，并一针见血地指出这两本作品的不同点。

在我们聊到《平家物语》时，虽然提过当中很多情节，被拿来当成歌舞伎的剧目，但是有更多《平家物语》中的故事，被应用到能乐中。例如谣曲（编按：日本能乐中吟唱的词章）当中的《八岛》《忠度》《清经》《巴》等即是。

现在的能乐可以大致分类为梦幻能及现在能两类。其中梦幻能里，常常会出现幽灵或是神灵等。故事经常是旅人到访某地，与此地有关的故人或是幽灵、神灵就会出现，与现世里的人交谈的

情节。在这样的故事情节当中，灭亡的平家人比较容易被放到剧中以灵魂的方式出现，我想这也是《平家物语》被广泛应用到能乐中的原因。可以说，讲述灭亡之美的话题，比较适合高雅的能乐。

相对地，《太平记》是江户庶民比较熟悉的作品，情节当中出现许多个性强悍的恶党，比较容易成为劝善惩恶的大众剧题材，也因此适合歌舞伎应用。

比较容易理解的例子就是《假名手本忠臣藏》[1]了。提到《忠臣藏》应该比较多人知道，这是依据元禄时代赤穗浪士[2]攻进吉良宅邸杀害吉良上野介义央，为主复仇的真实故事改编而成的剧作。

在元禄年间，江户城内举行重要仪式的大日子，时任内匠头（编按：内匠寮的长官）官位的赤穗藩藩主浅野长矩在奉命接待朝廷敕使时，深觉受到总指导（编按：日文为高家肝煎，在江户幕府里执掌典礼司仪的高级官员）吉良上野介的刁难与侮辱，因此拔刀刺伤了他。据说是因为送的贿赂未令对方满意，吉良才会故意要整浅野内匠头，但是在江户城的将军府内用刀伤人是属于重罪，因此浅野长矩在当日就被幕府命令切腹谢罪。

为了报仇，赤穗的武士在家老大石内藏助领导下，赤穗家臣共四十七人夜袭吉良宅邸，斩杀吉良上野介，这就是赤穗浪士的为主复仇事件。

江户居民大肆赞扬这个事件，他们认为大石等武士是英雄，而吉良则是无恶不作的大恶人。

---

1 是以元禄赤穗事件为题材的歌舞伎代表性剧目。1748年8月，在大阪竹本座初演，通称《忠臣藏》。
2 1703年1月30日深夜为报主浅野长矩之仇，攻入吉良上野介的屋邸，将吉良上野介及其家人杀害的元赤穗藩士大石内藏助等四十七人之武士。

第五章 \ 人性欲望蠢蠢欲动：《平家物语》与《太平记》

在这个事件过后没有多久，竹田出云等人就以这件事为题，写出《假名手本忠臣藏》的歌舞伎剧本，但是剧中人物的名字都做了变更。因为如果将当时江户时代的高官们的名字直接使用编成剧本的话，会被指责："区区一个町人（住在城市里的工商业居民），哪有资格对政治说三道四？"因此他们将剧本改编成室町时代的故事。这时他们借用的，就是《太平记》里的角色：

浅野内匠头改名为盐冶判官。
吉良上野介改成是高师直。

这些都是在《太平记》中出现的人物。他们将故事改编成盐冶是个俊美的男子，有一个名叫颜世的美娇娘。但是好色的高师直觊觎颜世的美色，因为得不到颜世而怀恨在心，不断恶整其夫盐冶。

为什么他们能够大胆篡改时代及人物呢？那是因为江户时代的居民都读过《太平记》，对于盐冶或高师直这样的人物耳熟能详。为了描写人类的欲望与情色，没有比利用《太平记》更适合的了。可以说《太平记》传达给人们的复杂感，恰巧成为江户居民感到有趣的茶余饭后的话题。《太平记》就是有这样的魅力。

以发明静电发电机而成名的平贺源内，是拥有诸多才能的天才，他以福内鬼外的笔名书写了净琉璃[1]剧本《神灵矢口渡》[2]，

---

[1] 净琉璃是一种日本说唱叙事表演，通常使用三味线伴奏。大阪称人形净琉璃的剧场为文乐，现在文乐已经成为正式的名称。
[2] 矢口原为渡船名称。1358年，新田义兴在此地的矢口渡自杀身亡，居民为了祭祀义兴而建造新田神社。

就是以追杀义兴为题材的故事。

故事内容讲述新田义贞的儿子新田义兴被足利尊氏派遣的杀手追杀，最后在武藏野的矢口渡自杀而亡。

义兴的弟弟义岑带着义兴的妻子及孤儿一起逃走，就在矢口渡附近，差点就被背叛者捉到时，因为义兴的灵魂出现，并射出一箭而获救。

怕鬼的足利尊氏，于是开始策划南北朝谈和，并在矢口渡建立新田神社。

最后义岑与敌对的恶党在争吵时，神社鸟居[1]上的横木竟然掉落，恶人因为神明显灵而陆续败亡。这些都是援引《太平记》写成的故事。这代表当年江户的居民们有多么熟悉《太平记》。

《平家物语》与《太平记》都不是史书。这两本作品都是以历史为题材写成的文学作品。然而在文学领域中，《平家物语》将主题放在灭亡的美及悲伤上，因而成为拥有微妙而深幽美感的名作。

当然，《太平记》从《平家物语》中学到很多写作技巧，并着重于描写人类受到欲望诱惑蠢蠢欲动。因此书中出现许多恶党，感觉非常有活力。因为使用人的利欲熏心这样简明易懂的主题，受到江户庶民的喜爱。也因此后来产生很多受到《太平记》影响的作品。

我们可以说《平家物语》及《太平记》是日本的两大战争文学。而名作一定会给后世带来深远的影响，进而像子孙绵延般，孕育出更多文学作品。我最近强烈深刻地感觉到，文学史就是这样绵延而来的。

1　日本神社入口处类似牌坊的建筑物。主要用以区分神域与人类所居住的世俗界。

第六章
喜欢讲坏话的传统,游记文学

第六章 \ 喜欢讲坏话的传统，游记文学

说松尾芭蕉著的《奥州小道》是日本游记文学的最高杰作，应该没有人会提出异议。这本书不但是游记文学，同时也是一本引导读者阅读俳句（编按：日本古典短诗，由十七字音组成，原称俳谐，也写为诽谐）的艺术论书。其经过精雕细琢的名句，几乎找不出任何缺点。接下来，我们来看看他的序章：

> 日月乃百代之过客，忽忽岁月亦为旅人。泛舟、执辔迎老之将至，犹如日日行旅，以游为家。终于旅途之古人众矣。予亦不知何年始，若随风之片云，漂泊之绪思不已。

将原文概略翻译，就是以下的内容：

> 日月的运行，是永恒时间的旅人，那些逝去的岁月，也是旅人。在舟上度过一生的人，或是日日牵着缰绳与马相伴迎向老年之人，就像是每天都在旅行一样，旅行就是全部的人生。有很多古人都是在旅游中过世的。不知道从哪一天起，我也开始如被风吹赶的云，漫无目的地到处漂泊。

没有明媚风光，只有黑暗心事

在国外也有游记文学。歌德所作的《意大利游记》就是代表。歌德离开德国到了充满阳光的意大利，被意大利的开朗、充满生命力的情境感动，因此写下这本充满活力的游记文学。

但是日本的游记文学，不知道什么原因，总是阴暗郁闷。像我们看松尾芭蕉这本书的开头，很容易让人感觉，旅行像是被风吹拂，永无止境的漂泊，感觉好像没有什么值得期待的。而且一切让人感到彷徨，看着看着就让人产生莫名的孤独感。

实际上，芭蕉这一趟到日本东北的旅行，是由他的弟子曾良与他同行，并不是孤独一人的旅行。而且他们在旅途中，都是住在弟子或是支持他们的人家里，接受各方的款待，有时还一住就是好几天。但他写出来的游记文学，就是让人感觉他很孤独。不管他到哪些地方，他总是想起往事往物而感到悲伤，甚至经常感叹时间无情地流逝与世事无常。

他在这本书的一开始，就写下"终于旅途的古人众矣"，让人深觉，他是不是也憧憬，在看不见尽头的旅途中结束一生。日本的游记文学，相对于阳光的西洋游记，显得非常阴郁。也因为这样，更显凄美。

总之，对芭蕉来说，旅行的意义，就跟写《方丈记》的鸭长明看待方丈庵的意义一样。鸭长明因为厌恶安住在世俗中，不喜欢被欲望左右，期望自己能舍弃俗尘，优雅地活着，因此他舍弃一切，住到小小的方丈庵，远离尘世。跟他一样，芭蕉选择了外出旅行。对芭蕉来说，旅人就是居无定所的漂泊者，拥有的是寂寞的存在感。

芭蕉是在他四十六岁那年开始《奥州小道》的旅行。在更早的五年前，他四十一岁时，才刚去过西国旅行。他经过自己的出生地伊贺上野，足迹遍布奈良、京都、近江等地。对那一次的旅行，他歌咏的俳句为"旷野中，任凭风吹雨淋，受尽风雨摧残的身心"。

此时的游记，就是后来的《野曝纪行》。他在此说的"旷野"，是指那些在旅途中，看到倒在路旁的尸体、受风雨摧残、变成枯骨而散落在地上的景象。他想要强调的应该是，如果要外出旅游，必须要觉悟，可能会有死于旅途的风险。先不管他实际外出旅游后，看到多少人死在路上，他真正想表达的应该是，他已觉悟到外出旅游，是为了追求某种憧憬，就算可能死在一个自己不熟悉的异乡，他也愿意。至少在文学的表现上，我们认为他有这样的觉悟，而读到这样的勇气与决心，就是阅读游记文学最大的享受。

即将外出旅游的芭蕉，在《奥州小道》中这样写：

> 当我想到，在千住这个地方搭上船后，我就要展开三千里的长途旅行，感慨的情怀充满了胸膛，在这如幻梦般的街道上，潸然落下离别的泪水。

总算到了草加，他又这样写：

> 至遥远异乡，历千辛万苦，以致白发苍苍，于此仅耳闻，却尚无缘目睹之地，吾怀着不知可否安返之心境，终抵草加。

这段的大意是："感叹在这个遥远的异乡，尝尽各种艰辛，也增加了很多白发，同时他希望可以看看更多从来没见过、只在传闻中听过的地方，虽然抱着不知道能不能活着回去的不安，但是那一天，他们终于到了草加。"总之，他在游记上不断重复写着，不知道自己能不能活着回去的不安，这就是旅行。

正因为有这样的觉悟，日本人书写游记，情感总是自然流露而能写出好文章来。

旅途，也可能等于死途

当芭蕉写下"终于旅途之古人众矣"这句话时，他脑海中浮现的人是谁呢？关于这个问题，岩波文库的《奥州小道》这本书中做了这样的批注：

> 芭蕉殁于思慕的西行河内弘川寺，宗祇卒于箱根汤本，李白终于当涂县，而杜甫则病殁于湖南湘江的船上。

原来在芭蕉的脑中，存在这么多古人的过去，但其中影响芭

第六章\喜欢讲坏话的传统，游记文学

蕉最深远的，应该还是西行。芭蕉确实很重视西行，也非常尊敬他，在《奥州小道》这本书中，有言及西行的部分。在"全昌寺·汐越之松"这一段，芭蕉写下汐越之松的美景时，引用了西行的和歌。

终宵岚掀波，月垂汐越松。

意为："一整个晚上，海浪不断拍打岸边的松木，月光照射在汐越之松上，穿透树梢的光，投射在地上，好像光亮的水滴一样，闪闪发出光芒。"

芭蕉曾说："西行这一首和歌已经道尽所有的景色，再多加一句赞美，就像是多竖起一只无用的手指一样。"

我们也可以说，芭蕉在旅途上，将自己比拟成西行。西行是平安后期至镰仓时代初期的歌人。原本是鸟羽上皇的北面武士（编按：驻在上皇御所的北面，守护其安危的武士），但他在二十三岁时出家，法名圆位，号西行。

提到西行，大家的印象就是"漂泊的歌人"。在日本人的常识中，对西行的印象，就是他的旅行没有任何目的，总是在旅游之地写歌咏诵。在这一点上，许多人都非常羡慕西行的生活形态。例如在江户到明治时期，日文曾流行"西行褙褂"的词句。这是指"将风吕敷（编按：日本传统中用来搬运或收纳物品的包袱布）卷成的包袱斜挂在肩上，并在胸前打上结"，要出远门旅游的人，为了不要让包袱妨碍行动，就会这样将包袱斜背在身上。将这样背包袱的方式，用西行的名字称呼，是一件有趣的事。

但在平安时代，还没有风吕敷这样的包巾，因此我不认为西行曾这样背过东西。我想这种背行李的方式，应该是在江户时代以后才开始流行的。因为这是经常旅行的人背行李的方式，也才会被称作"西行褙褂"。

在那个时代，提起旅人，就会想到西行。对日本人来说，西行就是旅人的代表。但我详查了西行的生平，发现西行并不是一生都在旅行，在他的生涯当中，长期旅行的记载只有三次。

二十七岁时，他到陆奥、出羽；五十一岁时，他去了中国（编按：这里的中国指日本中国地区，包含鸟取县、鸟根县、冈山县、广岛县、山口县五个地方）、四国；六十九岁时，他到陆奥去旅行，前往的路上，在镰仓的鹤冈八幡宫遇到源赖朝。

除此之外的时间，他都在高野山或是伊势，潜心修行佛道。由此可知，他的生涯并不是都在旅途中度过。

不管事实到底是怎么样，在传说当中，西行是一个经历多次旅途的人。而他的生活方式，对日本人来说，的确很令人羡慕。

西行在六十九岁的旅途中，沿东海道望见富士山，他作了一首歌：

> 随风飘逝富士烟，身归何处寂寞扉。

他看到日本第一高峰富士山，却因为看到喷烟飘散在空中，而感叹自己无法预测以后会变成什么样，因此吟咏了这首和歌，这就是旅人心中的惆怅。

芭蕉确切承续了这样的精神。仔细想想："我的思绪也一样,不知道飘到哪里去了"和"在旷野中,任凭风吹雨淋,受尽风雨摧残的身心"应该是在相同的心境下,创作出来的作品。因此,不难理解为什么芭蕉在旅途上,会将自己比拟成西行。说得彻底一点,芭蕉其实模仿了西行(并不是意图戏谑,而是因为崇敬进而模仿),将自己当成西行在旅行。

因为在日本文学史上,旅行给人的印象就是孤独漂泊,徘徊于俗世之外。在日本文学上,只有十返舍一九的《东海道中膝栗毛》(编按:内容描述江户神田八丁堀的町人枥面屋弥次郎兵卫和食客喜多八,经由东海道前往伊势神宫、京都、大阪的旅途中所发生的滑稽笑谈)是例外,其他多半符合这样的氛围。

流浪歌人的始祖纪贯之

在《奥州小道》的批注中提到的另外一位古人宗祇,也是芭蕉非常仰慕的一位。宗祇是室町后期的连歌诗人。他从三十几岁开始就决心要写连歌,四十六岁那一年出发前往关东,为了避开当时的应仁之乱[1],大概有六年的时间都在外颠沛流离。他指导当时的天皇作连歌,在高龄八十岁那一年外出旅游,因为憧憬富士山寓居箱根汤本,八十二岁过逝。

宗祇的写作一生都在旅游及草庵中度过,他的作品充满了孤独及忧愁。在这一点,他算是影响芭蕉深远的人物。

---

1 发生在1467年至1477年间,日本室町幕府第八代将军足利义政在任时的一次内乱。

但是更往前追溯，影响西行的前人又是谁呢？当我们更深入往前探寻孤独游记的文学风格，我们会想到谁呢？我想那就是能因法师。

能因是平安时代中期的歌人，他的和歌还曾经被选用在《小仓百人一首》[1]中，他在二十六岁时出家，大约在三十岁左右，从三河国出发，两度前往陆奥旅游。晚年又前往伊予国。

在他三十七岁，经过白河之关时咏诵的诗歌如下：

> 春露伴余辞帝京，行抵白河秋风兴。

这正是旅游歌人的印象。芭蕉应该是强烈意识到能因的存在，才会在"武隈"这一段中写到以下的内容：

> 武隈之松让人大开眼界。树根从地面分成两棵，依然呈现久远以前的样貌。看到这一幕，我想到了能因法师。以前，陆奥的军务行政长官来到此地，曾经砍伐此处的松木，拿来当作名取川的桥柱，因此，能因法师来到这个地方时，并没有看到松木，于是写下：
>
> 武隈之松时无踪，历经千载吾访松。

---

[1] 日本镰仓时代歌人藤原定家的私撰和歌集。藤原定家从《古今和歌集》《新古今和歌集》等敕撰和歌集中，依年代先后挑选出一百位介于天智天皇到顺德天皇间的杰出歌人及其作品，集结成《百人一首》，又称《小仓百人一首》，合计有男性七十九人（包括僧侣十三人）及女性二十一人。

后来因为经过这么多年，砍伐后会再种植树苗，如今才能重现当年的松林景观，与传说中的千年松木景象是一样的。

芭蕉看到松木，在脑海中马上浮现出能因法师的和歌。虽然我说芭蕉是孤独的旅人，但仔细想想，他其实像是与从前的旅人同行，也可以说他的旅程中，其实拥有许多旅伴。

那么，我们来思考，游记的流浪歌人的始祖到底是谁呢？我想这不需要争辩，就是书写《土佐日记》的纪贯之了。

纪贯之是平安时代前期的歌人，也是编撰《古今和歌集》的中心人物。在五十八岁时被任命为土佐国军务行政长官，因此启程前往土佐，当任期结束，他将搭船回京都的旅程路上所发生的事，写成《土佐日记》，并在六十三岁时发表。

这本日记的开头写着："听说男人会写日记这样的东西，身为女人的我也想要写看看。"这是纪贯之假装女性的身份用假名文字所写的，实际上，他没有特别的理由需要假扮成女性，应该只是他想要用假名创作，才会精心乔装成女人。

《土佐日记》的主题，是他对在自己任地土佐，死去的某位女性的爱怜，以及对世态炎凉的愤慨心情，不是要表现旅途的孤独。因为使用假名书写，所以记述内容非常流畅，因而成为日本的日记文学或随笔文学的先驱。

《土佐日记》虽然不是直接记述旅途孤独的作品，却也是当时首屈一指的歌人，对于自己旅途的记录，大大影响了后来的游记文学。

这样想下来，在纪贯之、能因法师、西行、宗祇等游记文学的先驱之后，才出现了芭蕉，因此可以很清楚了解，芭蕉的文学风格乃是承继前人，这是不争的事实。

对于古人来说，外出旅游是一件危险的事。有可能因为自然灾害被困住而举步维艰，也可能遇到土匪而丢掉性命，因为误饮水或食物不洁而生病的情况也不少见，讲得夸张一点，旅行是必须赌上性命的事。因此在久远以前，如果有人要出外远行，送别的人会与远行的人喝交杯酒，让彼此了解，这一次的分别可能就是这一生的诀别。

在这么让人生惧的旅程中，一边怀抱对于这个世间感到悲伤的情怀，一边接触让人产生诗兴的风景，写下的和歌或俳句，就是日本的游记文学。在这种充满危险，一切都显得虚无缥缈的情境中产生的游记文学，才特别让人感受到它的美。

乡下人看不懂的坏话

纪贯之从土佐起程出发前，在《土佐日记》里写下了一段话。我试着翻译他的话："当我确定要返京后，许多人来参加我的饯别会，这些连'一'这个字都不会念的人，却像在地上画十字般手舞足蹈。"

他在这里想要表达的是对土佐人的鄙夷，居然没知识到连"一"都念不出来。但就算真的是这样，我觉得他也不必特地写出来。这样的描述，对于这些真心诚意帮他举办送别会的人来说，实在太恶毒了。

但是像这样，写一些数落乡下的坏话，是游记文学的基本形式。大部分的游记文学，都是为了记录及感叹自己到了一个鸟不生蛋的地方才诞生的。

以前，与丸谷才一先生对谈时，他曾经告诉我，日本有一种喜欢讲别人坏话的文化。也就是说，都市人到乡下去，将乡下写成非常糟糕的地方，已经是一种传统了。

例如在《源氏物语》中，失势的光源氏下放到须磨及明石。须磨及明石其实离京都并不远，并不像被流放到北海道或是东北这么糟糕。

然而在故事当中，却把须磨及明石写成另一种世界，描写成一个极尽荒凉的乡下地方。除了京都以外，其他地方都是没有价值、既乏味又暗淡的地方，这样的认知，成为文学上的常识。

在这种想法下，纪贯之才会写出乡下人看不懂汉字的批评，这就是传统。

芭蕉确实承继了这样的传统，他也写过鄙视东北地方的坏话。他在《尿前之关》这一段，写出了这个地方是个鸟不生蛋的乡下，自己在这边经历了多么糟糕的事情等：

> 来到这个路上旅人稀少的地方，连关门的守卫都觉得我是个可疑的人，好不容易才翻过一座大山，日已西斜，只好找个封人（编按：看守国境之小吏）家求住一晚。这三天狂风暴雨，在一无所有的山中逗留。我与跳蚤、虱子和马尿同枕共眠。

这首诗歌主要是描述自己,虽然得以借宿在山中,却让他住在有跳蚤、虱子,甚至还养了马的房间里,并抱怨马在房里撒尿。他想强调的是,这个地方是一个很糟糕的乡下。

对于旅人来说,当他出游的地点,愈是糟糕的乡下,在这样恶劣环境下,就愈能提高诗兴。游记文学就是要记录旅途的悲伤情感,自然而然地,就表现出感叹自己所到之地是如此糟糕的想法。也因此,游记文学往往就变成抱怨连篇的坏话文学了。

还有另一个可能的原因。我说过,旅人就是抛弃俗尘的人。因此这些外出旅游的人,就跟鸭长明住到方丈庵一样,他们是抛下世俗的一切,到尘世之外旅行的人。

因此,这些离开俗世旅游的人,就拥有批评的权利。他们会觉得,因为自己抛弃了世间俗事,才能看到这个社会让人深感无趣的地方,也因此他们才有权利将这些所见所闻写下来。

和这个道理相同,因为旅人随时都可能曝尸异乡,不管他们去哪儿,都有与当地划清界限的权利。就因为他们只是过客,能看到当地的缺点,才有权利说出他们的看法。

我觉得这才是日本坏话文学的真面貌。因为是旅人,才能看到乡下真正无趣的地方,愈是述说当地的无趣,愈能显现来到这种地方的自己,拥有多么崇高的节操与文艺气质。去到愈糟糕的地方,就愈能显现自己的深度。

也因此芭蕉才能肆无忌惮地写,尿前之关是怎么样一个鸟不生蛋的荒地。

芭蕉在"一振"这一段,写到他在住宿地与出游的游女相遇。这位新潟的游女（编按：在宴席之间，以歌舞佐兴的女艺人），为了到伊势参拜而出游，因为旅途过于孤寂而感到悲伤，提出希望能和芭蕉同行的请求。芭蕉以要逗留的地方太多，无法让她同行而拒绝，并祈祷这位女性的旅游能平安顺利，因此写下这一段：

> 游女同宿居，胡荻共婵娟。

实际上，他想强调，他的旅途竟然糟糕到要与游女同宿。

但是，与芭蕉同行一起出游的弟子曾良所写的《随行日记》中，完全没有任何与这位游女相关的内容。也就是说，"游女同栖居"这一段，根本可能是芭蕉虚构的情节。他为了感叹自己的旅途有多么糟糕，故意编一些不实的情节。这件事让我更确信他们想利用当时的人对乡下的鄙视，来获取他人的共鸣。

游历，都是由寂寞相伴的

在我与丸谷才一先生，针对日本的讲坏话文学对谈时，夏目漱石的《少爷》也出现在我们的话题中。丸谷才一先生认为，没有一本书，比得上《少爷》这本小说，满载了对乡下的抱怨。

这本小说的主角，从东京的物理学校毕业后，因为有人开口聘请他，因此到了四国的松山中学担任数学教师。当他一踏上松山这块土地，就开始不断抱怨松山是一个很糟糕的乡下地方。

到达松山后,他表达了"船夫竟然全裸,只在前面围着一块红色的兜裆布,真是一个未开化的地方""我不禁自问:是否能忍受在这样的地方生活,但也没得选择了"这样的想法。又如:

> 我抓住一位站在海岸边、脸上挂着鼻涕的小男孩,问他中学在哪里。这小男孩一脸茫然,告诉我他不知道。真是个没用的乡下人。

整本书就是用这样的语调,将松山这个地区,写成狗不拉屎的偏僻乡村。学生不可爱、老师的个性奸诈狡猾、饭不好吃等,全部都是因为松山是个乡下地方造成的。

现在的松山市,因为是《少爷》的渊源之地而自我感觉良好,市区里还有"少爷列车",土产贩卖的是"少爷馒头",还颁发"少爷文学奖",这些都让我感到不可思议。这本小说里书写了这么多关于松山的坏话,让我不禁想问:现在的松山市,对于自己是这本小说的舞台这件事,为什么可以感到高兴?

总之,丸谷先生认为,《少爷》这本书,可以作为日本讲坏话文学的代表作。在认同这个讲法的同时,我有了另一种微妙的想法。

日本的游记文学,对于出游到访之地,愈是写成很糟糕的乡下地方,愈能让人感到有趣,也因此大家都拼命写坏话。而《少爷》,是否也遵循了这个传统?到底《少爷》是不是游记文学呢?我有了这样的疑问。

如果仔细思考,这个答案当然是否定的。因为《少爷》是小说,并不是游记文学。虽然我说《少爷》这本小说中写了很多松山的坏话,但那是因为我们都知道漱石曾经在松山的中学校担任老师,我们认为他将当时的体验,当作写小说的题材,所以认定这本小说里的背景就是松山。他在小说中,并没有提到松山,他只提到将到四国的某个城市的中学担任教师而已。

如果在小说中写了某个城市的坏话,就认定是游记的话,未免也太牵强了。

只是我个人觉得,在精神上,这本小说中的主角,就跟出远门的旅人一样。

书中的主角不受父母喜爱,在双亲死后,从个性不合的哥哥那边,得到像分手费一样的一小部分遗产,他用这些遗产在物理学校念大学。大学毕业后,就到四国的中学去教书。

也就是说,这个男主角无家可归。由于刚好有人聘用他,他就这样出发到四国去了,因为他是一个没有家的漂泊男子。

当他到了四国,他不断诉说这是个让人无法忍受的乡下地方,这一点让我觉得,非常符合纪贯之以来,日本游记文学的传统。

最近大家不断在讨论,认为《少爷》这本小说,其实是诉说寂寞的小说。我在这边提到,小说中的主角,是个漂泊的旅人,也是另一种解读的角度。我也知道,如果我说《少爷》是一本游记文学,一定有很多人会觉得好笑。

这样解读《少爷》这本书可能有点言过其实,但是就日本游记文学的本质来思考,这或许是一个可供参考的导读方式。

不管是纪贯之、能因法师、西行或是芭蕉,在日本,旅人都可能客死异乡,也是无家可归的人。因此在旅途上,他们会感受到莫名的哀愁。不管他们看到什么，都会想到这些东西终将幻灭。进一步悲叹在乡下这个无聊地方的自己。就像《奥州小道》的结尾，在美浓大垣。当他们来到这个地方，曾良及其他的弟子们都聚集在一起，大家互相诉说对于彼此的思念。对于这样的场面，写了这首诗歌：

> 旅途的疲惫都还没消退，就来到了九月六日。
> 为了参拜伊势的迁宫，我又要搭船出门远行，
> 唉！如蛤壳身离异，时将暮秋矣。

他的意思是，就像蛤蜊的壳与肉分离一样，要和自己的亲友分别，到二见浦（编按：现三重县度会郡二见町的海岸名胜，日文中二见与蛤壳的发音一样）去是一件令人深感寂寞的事。此时正值深秋，更令人伤感。

《奥州小道》最后都充满着旅途是由寂寞相伴的愁绪，因此，更能表现出孤寂之美，我觉得这真是一部优秀的作品。

第七章 西鹤与近松——大众文学的诞生

第七章 \ 西鹤与近松——大众文学的诞生

井原西鹤写的《好色一代男》,光是书名就已经很吸引人了。我所说的吸引人,指的是拥有让人耳目一新的惊人力量。

因为书名让人一看就知道是以书写关于某一个好色男子的记事为题,可能有很多人会以为,争相阅读这本书的人,一定都带着邪恶的思想。事实上,有些人的确会为了其中情色的部分翻开书,但不只是这样。在江户时代前期,恋爱被视为一种罪恶。在当时,结婚生子是一件值得高兴的事,亲友都会给予祝贺,不过,如果以结婚生子为前提谈一场恋爱,在当时的价值观中,则被视为不道德,是愚者的行为。

在这样的时代背景中,西鹤书写了好色男,也就是一个主角沉迷于恋爱关系中的故事。这对当时的人来说,是足以吓出一身冷汗的事。

但是在这边我要澄清,西鹤描写的好色,并不是一个好色的男子对所有的女性伸出魔爪的故事。由于在那个时代并不能自由恋爱,唯一例外的是花街柳巷。书中主角世之介为了追求爱欲的自由,尽情游走于花街游里间,并不是与一般女子或是人妻谈情说爱,享受鱼水之欢。

在几乎没有恋爱自由的江户时代,只有花街游里例外,那是一个被允许恋爱与情色的梦想世界。西鹤以花街游里作为舞台，描写町人梦想中的极乐世界，这也是一个划时代的创新代表作品。

开《源氏物语》的玩笑，没想到大受好评

《好色一代男》这本小说其实是西鹤的处女作。他在四十一岁第一次写小说，在当时曾风靡一时，是部成功的作品。

在西鹤写这本小说之前，他是一个俳句诗人。他在当时流行的"矢数俳谐"（编按：在一定时间内，比赛能连续吟咏的句数）领域中非常有名。从早到晚他可以创作出一千句以上的俳句，据说西鹤曾经在一夜里，吟唱出两万三千五百句的记录，后来再没有人可以超越他。计算一下，一夜的时间要吟咏两万三千五百句，每一句大概只有四秒的时间。从此可以看出，他拥有一句接一句、不断联想的特殊创作能力。

只是对于他创作这么多句子的成绩，除了对他过人的精力感到惊讶以外，在文学上并没有太多让人难忘的句子。我想这是因为，这些他几乎没有经过思考，一句接一句创作出来的作品，大部分都欠缺深度，内容多半杂乱无味吧。

但是西鹤能用这么快的速度，吟诵这么多的俳句，可以说在他的脑中，潜藏了无尽的语词。西鹤就像是一个什么事都能写成俳句的魔术师。

这样的西鹤，突然兴起书写小说的念头，首先写下的，就是

《好色一代男》。在当时,他认为自己的本业是俳句诗人,因此这本小说,他大部分是以戏谑嘲讽的方式书写的。也就是说,他是以半开玩笑的心态,写下这本作品的。

《好色一代男》八卷共五十四章。这五十四章不用说也知道是模仿《源氏物语》的五十四帖来的。也就是说,《好色一代男》是以戏谑嘲讽《源氏物语》而写成的。

因为是戏谑嘲讽,当然要用夸张的手法改写。在《源氏物语》中登场的人物,大部分都是高雅或是皇宫里的人,相对于《源氏物语》的舞台背景是华丽的宫廷,《好色一代男》的主角则是社会底层的町人,背景舞台则是花街游里。两者的落差愈大,戏谑嘲讽的冲击力就愈强。

我们可以回想一下古老的戏谑嘲讽文学,如公元前5世纪,不明作者写的《蛙鼠合战》这首叙事诗。这是将古希腊的游吟诗人荷马的叙事史《伊利亚特》作戏谑改编的故事,使用与战争英雄为题材的叙事史诗同样的文体,讲述青蛙与老鼠的大战。将蛙鼠这么无趣的战争,用模仿名作的方式表现,让人不禁莞尔。

戏谑模仿文学就是因为将无聊蠢事,以名作的文体撰写,才让人觉得好笑,落差愈大,就愈让人觉得有趣。

因此,以《源氏物语》作为戏谑模仿文学的《好色一代男》,其中的主角是一般的町人世之介,他不过是一位随处可见的庶民代表。

在这样的缘由下,西鹤以町人作为故事中的主角,而这样的手法,在日本文学上,其实是一项重大突破。在此之前,一个平凡的庶民,根本不可能成为小说的主角,所以说西鹤创造了庶民文学。

商人的故事，比贵族更有看头

西鹤卒于元禄六年（公元1693年），也就是说，他主要的创作都是在贞享年间到元禄年间所完成的。而这个时代，正是町人文化开始盛行的时代。歌舞伎以江户及上方（编按：以京都、大阪为中心的近畿地区）为中心兴起，元禄小袖（编按：日本传统服装之一，有点类似现代和服）的服装打扮开始在町人之间流行，町人也开始进行经济活动。

就是在这个时候，西鹤创造了町人文学。町人发现，与自己一样的人也能被写到小说当中。

因为《好色一代男》的成功，西鹤开始不断创作好色系列的作品。他的文章风格，因此被称为浮世草子[1]。一开始他只是为了描写追求爱及自由，将花街游里当作小说中的舞台，接着，他又揭露了在花街里只有金钱，没有真正的自由。例如在《好色二代男》里，最后他不只是描写游里，还描写了一般女性为了追求爱而不顾一切，在当时的道德观及制度下，成了悲剧的故事。此外，在《好色五人女》及《好色一代女》里也都有相似的情节。

西鹤的小说，自然而然地反映了社会生态。出生于大阪町人家庭的西鹤，发觉人被金钱束缚的现象，也了解在用钱滚钱的资

---

1 又称浮世本，江户时代产生的日本前期近世文学主要的文艺形式之一，一说为井原西鹤独创的文学体裁，如《好色二代男》《好色五人女》《好色一代女》等都是他"好色系列"的作品。

本主义经济社会中，人们不可能真正得到自由。

西鹤晚年的作品《日本永代藏》及《世间胸算用》这两部作品，都是在描写町人的经济生活。

《日本永代藏》是描写町人们如何在经济上致富，如何立身处事、出人头地的短篇集，从表面看来，是一本教导年轻町人怎么做才能成功的小说。然而西鹤其实已经参透经济社会的原理，他知道，就算遵守正道也未必能成功。他在书中写到，许多人为了得到成功而使用缺德的手段，因此我们可以说这些作品不是单纯的成功攻略。因为真实显现人类被物质所操控的真理，因此拥有接近现实主义文学的价值。

西鹤生前最后完成的作品是《世间胸算用》，不过直到他死后才发表，是其弟子依据他留下的原稿编辑的，只发行了其中几篇。

《世间胸算用》是正面描写中下层町人在经济上的短篇悲喜剧。二十篇的短篇全部是描写除夕当天的事件，可以说下了很多功夫。

除夕是清算一整年欠款的日子，要怎么筹钱？对于欠钱的人怎么要钱？或是要怎么躲过债主追讨债务等，这一天是被钱耍得团团转的日子。书中描写住在商业都市中的贫穷町人，如何度过除夕这一天，清楚反应出社会的真实样貌。可以看出这些为金钱所困的町人真实的生活，大部分的文章都是悲剧收场，但西鹤以独特的手法写作，反而让人觉得有趣。

我引用其中一个例子，在《金币如山原是梦》这一篇的开头，西鹤写了以下的内容：

> 脑中所想的事一定会在梦中出现，有开心的事，也有

> 悲伤的事，在各式各样的梦境中，最不可能的就是捡到银两的梦。在现在这个社会，根本不可能有人会掉钱，大家都视钱如命，将钱收得好好的咧！不管是在热闹的庙会，或是天满宫祭典的隔天，都不会有任何人掉一文钱。总之，不工作是不可能有钱的。

我在高中三年级的古文教科书上阅读到这个作品时，对于这个有节奏感却又写实的内容，不禁笑了出来。我还将"不管是在热闹的庙会，或是天满宫祭典的隔天，都不会有任何人掉一文钱"这个句子背起来，偶尔想起来就忍不住发笑。

仔细思考，西鹤可以说是促成近代小说萌芽的人。因为他真实地呈现平淡不起眼的庶民人生。在江户时代前期，除了西鹤以外，还有另外一位描写町人生活形态的作家。对于另外的这一位，我会在下一个章节再来说明。

以往的文学，喜欢用有趣的笔法，写英雄豪杰或贵族的生活方式，相对于此，西鹤开其先河，将平凡的町人，当作小说主角。也就是说，他让小说成为大众文学。在西鹤以后的江户文学，此种町人文学开始开花结果。可以说西鹤的出现，改变了日本文学写作的目标对象。人们的生活本身就充满了戏剧性，文学的方向因此有了改变，文学的价值也开始倾向于将真实呈现出来。

不只如此，西鹤还将文学与人的经济活动结合。他洞悉这世上钱才是驱使人的动力，因此他的小说与后来的近代文学产生了连接。

第七章 \ 西鹤与近松——大众文学的诞生

最早开始描绘庶民的戏曲

比西鹤晚十一年出生的近松门左卫门,是另一位庶民文学的始创者。近松是人形净琉璃、歌舞伎的剧作家,因此创作内容与书写浮世草子的西鹤不一样,但两人的共通点就是将庶民悲剧当成创作的题材。

与西鹤不同,近松出身于武士世家,生于福井县,是越前国吉江藩士(编按:日本江户时代的从属、侍奉各藩的武士)杉森信义的儿子,本名为信盛。在近松十五六岁时,父亲因为某件事故失业,因此举家搬迁到京都。移居京都以后,近松被命侍奉公卿(编按:侍奉后水尾天皇之弟一条惠观及阿惠实藤等公家,无官位)。

近松成为服侍几位公卿的杂役,其中一位正亲町公通,是创作净琉璃剧作的风雅人士。据说在他侍奉正亲町公通期间,因为认识了净琉璃的演出者,因而选择当净琉璃剧作家这条路。

在一开始,他只负责联络演出者,确认其意向并进行汇整,或是改写旧剧本的内容等。这段时间算是他的研习期,只能协助当代有名气的剧作家,担任类似共同创作的角色。

累积经验以后的近松,在他三十一岁那一年,写了以《世子曾我》为名的净琉璃剧本,成为当时知名的人物。这刚好是在西鹤发表《好色一代男》的第二年。

近松除了写净琉璃以外,也写歌舞伎的脚本。但是我们并不需要这么严格地将这两者做区分。近松本身并没有认为这两者有什么不同,当净琉璃的演出者拜托他,他就书写净琉璃,当歌舞伎的演出团体向他邀稿时,他就书写歌舞伎的脚本。有时候他为净琉璃写的脚本,也会成为歌舞伎的表演内容。[1]

在这样的背景下,近松很努力地写净琉璃与歌舞伎的脚本,渐渐成为有名气的作家。他的代表作有《出世景清》《倾城佛之原》《倾城壬生大念佛》等。

但是在近松的心里,对于光是写这些东西开始感到不满足。我的理解是,他觉得身为作家,应该要写些更贴近人们真实的作品。

近松在元禄十六年(公元1703年),发表了《曾根崎殉情》[2]的净琉璃。这是第一个将世俗的町人事件当作题材的净琉璃,而近代庶民的戏曲,也由此诞生。

基本上,近松的作品不管是净琉璃或是歌舞伎,都可以大分为两类。这两大类就是历史时代故事及当代世态故事。简单说就是时代剧跟现代剧。当代世态故事中的世态,不是对社会的批判,而是指一般世俗的生活百态。

在近松之前,净琉璃或是歌舞伎的戏剧,普遍都是以时代故事为题材。例如以历史上哪个英雄人物的伟大事迹、民族被灭引发的动乱,或是复仇等时代故事为表演题材。当时大家都觉得,题材是关于英雄人物的精彩故事,才让表演显得引人入胜。换句话说,他

---

1 歌舞伎也会合并音乐、讲述故事,因此,基本上与净琉璃的差异在于,歌舞伎是真人演出的表演。
2 改编自元禄十六年旧历四月七日早上,大阪堂岛新地天满屋的二十一岁游女初与内本町酱油商平野屋的二十五岁店员德兵卫在梅田曾根崎的露天神森林中殉情一事。

们不认为现代的普通人家的话题，能成为表演题材。但近松却将当代人的日常生活，写成《曾根崎殉情》，把这种发生于平民百姓生活中的悲剧，切实地以文学呈现出来。也因此他与西鹤并列，成为庶民文学的始创者。

《曾根崎殉情》是以发生在大阪曾根崎的天神森林里的殉情事件为题材，描写酱油店的伙计德兵卫与游女阿初两人，为爱而死的故事。这是将实际发生的事件做基础而书写的作品。

也就是说，近松不是写历史上的英雄人物的故事，而是将近来成为话题的现代人恋爱始末，写成悲剧故事。他之所以不从《平家物语》或是《太平记》中找英雄故事来改编，应该是他身为作家，想要更贴近活着的现代人，表现出更真实的一面。

近松的当代世态故事获得很好的评价，看过的人都觉得，看到这些与自己一样身份的庶民遭遇的悲剧，就像是在看自己的故事一样，不由自主地流下了感动的泪水。

像这样，近松创作出另一种町人文学。非常可惜的是，我不知道西鹤与近松是如何看待对方的存在的，但不用怀疑的是，西鹤与近松确实是江户时代文学的两大巨擘。

殉情——追求毁灭之美

近松在后来也分别发表历史故事及世态故事的作品。历史故事之中，以中国明朝遗臣郑芝龙及其日本妻子所生的国姓爷郑成功，企图反清复明的故事《国性爷合战》（编按：该处书名确为

"性"字，非错字）为代表作。而世态故事则有《冥土的飞脚》《殉情天之网岛》《女杀油地狱》等杰作。

近松的作品有七成是历史时代故事，三成是当代世态故事。在他的一生所书写的二十四篇世态故事中，竟然有十一篇都与殉情有关。

我们在这里要思考，他写的这些比较贴近真实的恋爱悲剧，为什么都是以殉情为题呢？这是因为相爱的两个男女，却由于某些理由无法结为夫妻，他们认为就算在这一世不能成为夫妻，也要在另一个世界成为夫妻，因此选择携手共赴黄泉。殉情原本是为情而死，但在江户时代的花街游里中，被用来作为"表达诚意"以及"重视情谊"的代名词。因此在江户时代，许多男女为了证明对彼此的真心，选择为情而死，于是当时才会常常有人殉情。

实际上，应该是因为生活遭遇瓶颈，或是因为怕丢父母的脸，而没有其他选择的才会选择殉情，但近松却将殉情看成是爱情的悲剧。

在花街游里有爱的自由，西鹤以此为舞台忠实记录了人的爱与欲，但说穿了，在这个地方，不过就是充满金钱的爱情游戏而已。如果对于只是玩玩的情爱感到不满足，而想要追求真正的恋爱，会变成什么样呢？近松看到了这一点。当游女与客人坠入爱河，如果对方不是能拿出大笔金钱帮自己赎身的大户人家，两个人追求真爱的唯一方法，只有殉情了。

近松这样看待殉情，因此认定殉情是爱情中凄美的悲剧。人们受到近松的影响，因而促发更多殉情事件。

当政者当然想要阻止这样的事一再发生，元禄之后的将军德川吉宗,认为恋爱是放荡不检点的行为,因此颁布严惩的法令。如果男女因为殉情双亡,则将其尸体丢弃不准为其下葬。如果一方尚存,则当成凶手定其死罪,如果两方都活下来了,则游街示众三天后,从户籍簿除名成为贱民。不只如此,还禁止近松继续发表殉情故事。

当政者认为殉情是破坏社会稳定的行为,而近松却将殉情当成是人间的悲剧,进而激发他创作的欲望。在他的作品被禁止发表之前,他已发表十一篇关于殉情的故事,这是因为他想要写出平民生活最真实的一面。

这与莎士比亚创作《罗密欧与朱丽叶》的动机很类似。脱离家世及世态的束缚,选择自由恋爱的罗密欧与朱丽叶,虽然不是殉情,却因为小小的差错而酿成双双死亡的悲剧。因为被禁止的恋爱,导致男女双亡的结果,其实与日本的殉情故事很像。

实际看到近松的作品,比如《冥土的飞脚》,就是以大阪新町的游女与客人之间发生的事为题。内容是关于脚夫店(编按:为客人递送信、财物等物品的业者,类似现在的邮差、快递员)的养子忠兵卫跟游女梅川日久生情,并愈陷愈深的悲剧,个性比较软弱的忠兵卫变得自暴自弃,最后犯罪而被捕。此作虽然不是殉情结尾,但也是描写始自恋爱的心灵破灭,进一步突显人类的软弱。

《殉情天之网岛》则是以在大阪网岛大长寺里发生的事件为背景,创作而成的作品。纸商治兵卫陷入其妻三娘及游女小春的三角关系中,因为道德约束而无法与小春结合,最后走上殉情这条路。近松描述主角在妻子与情人之间受尽折磨、不断挣扎的故事,在细节上处理非常细腻,可以说是近松最杰出的作品。

愈贴近生活,愈动人

现代的我们,如果要用铅字印刷来阅读近松的净琉璃作品,或许很难理解他想表达的意义。不可思议的是,如果我们直接在剧场观看净琉璃演出,听义太夫(编按:在净琉璃中演唱的人,有点像现在的旁白)有节奏地说明,就能自然而然了解内容,并体会其中的乐趣。也许是因为,净琉璃本来就是为了方便讲述,所写出来的剧本。如果是以单纯阅读文字的方式了解,一般人很难体味其中的意境。

举例来说,我们来介绍一下《殉情天之网岛》当中,两个人决定要殉情而到网岛去的这部分内容:

> 行行复行行,寻无魂归乡,
> 何妨此首丘,双双席地怅。
> 死处皆同然,存心由一桩,
> 两人尸同枕,世人译成章。
> 小春治兵卫,殉情物议扬,
> 三娘尝捎信,勿害吾家郎。
> 奈何至今夕,与君黄泉相,
> 柳巷烟花女,背理又伪样。
> 虽可承此谤,唯独愧三娘,

> 心中残迷惘，方寸溢洋洋。
>
> 于此终吾命，郎君另他方，
>
> 隔距话别后，相对泪汪汪。
>
> 勿道愚痴语，三娘随父返，
>
> 假以数时日，业已陌路上。
>
> 离缘绝情义，来时尽道尝。
>
> 此后愿世世，缔结连理长，
>
> 并枕魂归处，任谁能言谤。

这样的内容应该很难理解吧。因为完全不知道哪些是在说书中的内容，哪一句是主角的台词，更难以想象当时的情景。

我们请莎士比亚将这一段净琉璃改写为戏曲，试着阅读他改写后的日文译文。

刚刚这一句是开玩笑的，实际上是我想拿以前在《对决》的短篇集中，"莎士比亚VS近松门左卫门"里，我模仿莎士比亚的笔法，改写《殉情天之网岛》来看看：

小春与治兵卫登场

治兵卫："不管我们现在要走去哪儿，都没有任何一个地方是我们的容身之处。所以，就选在这里一起共赴黄泉吧。"

小　春："就这样做吧。一路走到这边，我完全没有任何迷恋。只是我有一件心里很过意不去的事。"

治兵卫:"过意不去的事?"

小春:"是的。如果三娘听到我跟你手牵手一起殉情的消息,不知道她的感受如何。我曾经答应过三娘,她要求我不要害了你,她要我跟你断绝往来,离开你到其他地方去,我答应了她,并交给她一封写满誓言的信。而我却背叛了她,跟你一起殉情了。我不想被她指责是不可靠的游女,不遵守诺言。我对于世间的人指责我不懂人情义理,已经有一定的觉悟,但我一想到三娘的心情,就感到相当痛苦。请你在这边杀了我,等我死后,你到离我远一点的地方再死吧。"

治兵卫:"你竟然要我离你远一点再死,讲什么傻话?要殉情的人还要考虑老婆的心情,离他所爱的人远一点再死,这样也算是殉情吗?我已经把三娘送回她娘家了。只要我写了休书,我跟她就没有任何关系了。我为什么必须对已经分手的女人讲情义?你应该早就明白我的心意了。当我们死后,就再也没有什么事能把我们分开,我生生世世都只想跟你在一起。根本不需要顾虑谁,我连命都不要了,怎么可能为了顾虑他人的感受,丢下你到别处去死呢?我们就在这里一起离开这个纷扰的世界吧。"

如果这样呈现,应该比较容易理解吧。但是江户时代的人,却能完全理解近松写的净琉璃,并深受感动。现在,我们则可以通过实际听取及观赏义太夫节,随着声调的抑扬顿挫或语气的轻重,以及观看人偶的动作,了解大概的意思。

第七章 \ 西鹤与近松——大众文学的诞生

通过这样的方式,我们也能有趣地了解江户时代町人的心理。看到悲惨的故事,也会因此流下眼泪。

西鹤与近松始创的町人文学,是描写庶民生活及心情的大众文学,也确实在日本文学中扎下了根。

例如武田麟太郎在1933年的《日本三文钱歌剧》,就是描绘住在浅草廉价公寓里的人们的生活景象,将庶民的日常生活很真实地呈现。他忠实记录平凡人的生活,有悲剧,也有喜剧。

还有织田作之助在1904年发表的小说《夫妇善哉》,写关于化妆品批发店的少爷柳吉离家出走,与艺伎蝶子私奔,后来生意却一个接一个失败的故事。他们靠着大阪人很强韧的传统生活能力,渡过一个一个难关。个性及意志力软弱的少爷丈夫,靠着可靠的老婆支持的生活方式,很贴近现实生活,让人感受到人类生活的动力。每次阅读这种描写庶民努力生活的小说,我都会想到西鹤。因为我认为,这种小说形态,最初是由西鹤所创造出来的。而当我接触到悲剧的恋爱故事,我就会想到这样的小说始祖是近松。

从江户时代开始描写的大众文学,直到今日,依然是日本文学的一大支柱。

第八章 《浮世澡堂》,超级畅销书的文学价值

第八章 \《浮世澡堂》，超级畅销书的文学价值

在江户前期，日本文坛出现井原西鹤跟近松门左卫门两大作家，他们将文学改变成町人文学这件事，具有重大的意义。江户时代是町人文化兴盛的年代，同时文学也变成町人们得以拥有的文化娱乐飨宴。这就是大众文学的诞生。不怎么有学问涵养的町人，开始可以笑着阅读、哭着看书或是和三五好友分享春光无限的情色故事。在这么多的文章当中，或多或少也有一些水平比较低的作品，但是不可否认，这当中充满了大众的活力。

语词游戏的名人，十返舍一九

虽然江户时代社会风气变得比较开放，与现在相比还是相对保守。当时有位名为茑屋重三郎的出版从业者，却在江户经营出版业，带领出版文化进入隆盛时期。

一般如果提到茑屋重三郎，大家就会联想到他与喜多川歌磨、葛饰北斋及东洲斋写乐等一起从事浮世绘版画的贩卖生意。他还出版了黄表纸（编按：大众绘本）、洒落本（编按：描写游里风俗的小说，江户时代中期的通俗文学）及狂歌绘本（编按：

以讽刺社会或嘲讽、戏谑为主，用五、七、五、七、七的句子构成诙谐戏谑形式的短歌）等书，是一位大规模出版各式书刊，也是江户文化界的核心人物。靠着茑屋的支持，作家大田南亩、恋川春町、山东京传及曲亭马琴等，在社会上开始有了名气。

你可能注意到，这时候已经有印刷业存在了，因此开始出现木版印刷书籍，大众也开始广泛阅读。在江户时代以前，书必须靠着手抄流传。也就是说，在江户时代因为出版业的发展，文学已经成为大众文化的一部分。

茑屋重三郎有一段时期，曾经让十返舍一九借住在家中。十返舍一九出生于骏河府，长年于大阪生活，他入净琉璃作者门下学习，在二十九岁时来到江户，受到茑屋重三郎的照顾，书写《心学钟草》等黄表纸及洒落本。

十返舍一九于1802年初版刊行幽默小说《东海道中膝栗毛》。这时，茑屋重三郎已经过世，因此他是请其他出版社刊行的。出版后受到世人喜好，他于是持续写了二十几年的续篇。

《东海道中膝栗毛》从序言、初编到八编为止，共有十八册，内容描述从江户出发的弥次郎兵卫和食客喜多八，前往大阪的旅途中发生的滑稽趣事。《续膝栗毛》则是记录他们参拜过金刀比罗宫、严岛神社、经木曾三街道、善光寺到草津温泉，再回到江户的旅途妙闻，从初编到十二编共二十五册。加起来总共四十三册，合称《道中膝栗毛》。

十返舍一九的文学造诣极佳，不只擅长狂歌与川柳（编按：日本打油诗的一种，与俳句一样，也是由十七个音节，按照五、七、五的顺序排列），连写作及画画都难不倒他。《膝栗毛》刊行时,几乎所有的插画、排版等,都是他亲手完成。这样一来发行他的作品成本很低,出版社都喜欢帮他印行。他一面不断写《膝栗毛》续集,一面写读本(编按:江户后期流行的传奇小说)、言情小说及幽默小说(编按:江户后期的一种通俗小说,与读本及草双纸并称为俗文学)等不同领域的文学作品。因此曲亭马琴赞赏他是"这尘世中,第一个让人惊叹的通俗小说家,更是第一个靠自己的著作费养活自己的人"。

《膝栗毛》其实是玩弄文字的作品,有趣的地方就在于,文字恶作剧。主角是两位个性轻薄的江户小青年,十返舍一九用通俗、嘲讽挖苦及双关语大玩文字游戏,展现江户人平常生活的幽默之处,是一本可以当作娱乐、轻松阅读的作品。以下,我引用他们两个人行抵品川一带的段落来看看:

就在感到开心、马上要到品川时。弥次郎兵卫说:"为什么明明是海却要叫川呢?"

喜多八回答:"因为有鲛洲(编按:地名,日文发音与真水相近,日文的真水即淡水的意思),有淡水所以是川。"

就这样在一来一往的拌嘴中,他们开开心心地走到铃森(编按:当时为刑场)。

这时,弥次郎兵卫又说:"好可怕啊,应该是犯人的颈子上都系着铃铛,才叫铃森吧。"

当他们进到大森,看到路上几乎每一户人家,都在贩卖用麦秆扎成的手工艺品时,他们又说了:"我们一定要买些麦秆草人,好让这些小孩放闷屁(编按:闷放的日文音同逗乐,为双关语,此为逗乐小孩的意思)。"

之后他们过了六乡渡口,请万年屋准备餐点,坐下来的时候。万年屋跑堂的女人说:"早安!"

弥次郎兵卫说:"给我们两份餐。"

喜多八说:"弥次郎你瞧,这娘们儿的屁股,去年还小而美,现在怎么跟石臼一样肥壮啊,看起来就像被杵捣过了一样(编按:这里的石臼跟杵是男女之事的隐语。意思是说这个女人之前是处女、柳腰瘦臀,而尝试过男女之事后的女人屁股就变大了)。然后你看,这个路边的茶屋,竟然在壁龛(编按:在和室中用以摆放字画、花器的凹陷空间)摆放干燥枯萎的花,你看看挂在那里的挂轴又是什么?"

弥次郎说:"那是鲤鱼跃龙门。"

喜多八说:"我还以为是鲫鱼吃面线呢。"

弥次郎说:"你少说点话,快点吃吧,汤都冷了。"

喜多八说:"哎呀,餐点什么时候送来啊。"语毕,他稀里呼噜就把面吃完了。

弥次郎说:"才三两下你就吃到见底啦?"

喜多八说:"因为再往前走一点,又可以再吃点好吃的东西啦。"

活色生香的庶民日常，太迷人了

从以上的对话，应该可以了解，弥次郎与喜多八在路途中的娱乐，大部分都是一来一往的斗嘴，也因此才让人觉得有趣。

我也听有人说过，看到挂轴上画的鲤鱼跃龙门时，感觉好像是看到鲫鱼吃面线这样的玩笑话。你可能会以为，原来这个玩笑话的原始出处是《东海道中膝栗毛》这本书，但那也不正确。应该说，这个戏谑的台词从以前就广为流传，而十返舍一九将它收录在这个作品中。

总之，《东海道中膝栗毛》就像是文字游戏的嘉年华，全篇都是通俗戏谑或斗嘴的玩笑话，其中也有自以为是的江户人大谈自己的失败经验。

《东海道中膝栗毛》受到欢迎，让十返舍一九持续写了二十几年，并不是只有遣词用语有趣，事实上还有另一个原因。这个作品是弥次郎与喜多八外出旅途中的记录，也就是游记作品，各地的风俗、奇闻、方言等都巧妙地被收录在作品中。从某方面来讲，十返舍一九算是很厉害的编辑，他详细调查各地的事，在作品中大量放入与旅游相关的讯息。因此，阅读《膝栗毛》这本书，就像是阅读观光导览书一样。

从这一点看来，十返舍一九可谓是称职的职业作家。虽然他写了幽默小说，可能会让人以为，他就是一个爱搞笑的玩家，但刚好相反，他拥有非常纤细缜密的观察力，而且传说他还有点洁癖呢。

曲亭马琴说"十返舍一九是第一个靠自己的著作费养活自己

的人"，这是非常高的评价。也就是说，十返舍一九是日本最早的职业作家。

据说十返舍一九是当时最能掌握时代潮流、了解大众喜好的作家，也会将自己在《膝栗毛》中所到之处，当地狂歌作者的诗歌登载于自己的作品中。也就是，他为了在当地让自己的书本也能大卖，以编辑的立场，做了相当程度的规划与盘算。这些缜密的思考与行动，让他彻底成为大受欢迎的职业作家。

我们逆向思考这件事，也可以说江户时代后期，进入1800年以后的江户后期，日本已经拥有稳健的社会根基，足以在町人文学的世界中，孕育优秀的职业作家。在这个时期，日本的大众文学，开始迈向蓬勃发展期。

只写平凡对话，竟写出当代畅销书

另一位与十返舍一九并称为滑稽小说两大名作家的就是式亭三马。式亭三马出生于江户的浅草田原町，当过书店学徒，之后入赘到"万屋"书店，除了一面经营书店，也一面写小说。

当时的通俗小说家，大都必须全年无休，一年必须写好几本作品，才能维持生计。虽然，那时出版产业已经开始兴盛，但是大部分的文学作品还是进入租书店，人们习惯到书店借书，因此每部作品出版的销量并不多。在这样的时代背景下，十返舍一九不得不将触角伸展到所有领域，书写各式各样的文学作品，而式亭三马和他一样，是一位多产的作家。

第八章 \ 《浮世澡堂》，超级畅销书的文学价值

式亭三马最优秀的作品，是《浮世澡堂》与《浮世理发馆》。

《浮世澡堂》的正确名称是《滑稽故事——浮世澡堂》，在1809年到1813年间，总共刊行了四编九册。这是一部依据进出江户市澡堂男女的对话，描写社会及庶民真实生活的作品。《浮世理发馆》则是在1813年到1814年间发表的，正式的名称是《柳发新话浮世理发馆》。在市井中的理发店，是当时的社交场所之一，式亭三马将聚集到这里的人们的对话，写成《浮世理发馆》。

十返舍一九的《东海道中膝栗毛》是两个主角外出旅游，因此题材的场景不断变化。与此不同，三马的《浮世澡堂》与《浮世理发馆》则是在固定的场景，不断有各式各样的人进出，没有什么主题，一群人整天聚集在一起闲聊的故事。三马并没有特意创造出有个性的人物，或是写出触及人心的生命哲学。故事结构也没什么戏剧性，更没有给人任何启示或教训。

三马擅长将江户庶民的对话，用最真实的方式记录下来。好像他就在现场写下来一样，无论谁讲了什么，都能用最生动的笔法，重现当时的情景。就算话题一点也不重要，他也会连"啊啊""有啊有啊"等词都记录下来，因此让人感觉特别有趣。他用这么写实的笔法，表现出人类软弱、可笑的一面，因此，这本小说才会成为滑稽文学的经典之一。

我们稍微看看是什么样的内容：

（在澡堂的浴池中。）

客人:"有人泡澡泡到晕倒了。喂！掌柜，这里有人昏倒了。泡澡泡到昏倒了。"

掌柜:"什么？有人昏倒了？这真是糟糕。"

（匆忙跑到澡间，把那个人抬出来，才发现是老药罐子的常客，因为泡太久昏过去了。）

客人:"是谁呢？"

客人:"是那个常常来的信田七。"

客人:"生病还没好就泡这么长的时间，难怪会昏倒。"

客人:"快点泼一些冷水在他身上吧。"

客人:"把草鞋放在他脸上吧。"

客人:"什么？那是癫痫才要这样吧。应该在他肩膀上写上刀豆比较好。"

客人:"那是早打肩（编按：即肩膀酸痛）才要那样做。"

客人:"信田七啊（拉长音），信田七啊，咚咚咚锵。"

客人:"不要开玩笑了，快点醒过来啊。"

（用冷水擦拭他的身体，信田七总算醒过来了，大家都骚动了起来。）

掌柜:"现在感觉如何？信田七，你清醒了吗？"

信田:"哦、哦、耶、耶。我没事啊，我怎么了？"

掌柜:"因为泡太久昏倒了。"（呦咿一声，信田七站了起来。）

客人："你啊、你啊。"

客人："你泡太久昏过去了。"

客人："泡太久了，泡太久所以头昏了。哦，哦，已经没事了。没事了。没关系了。现在体温也下降了。昏迷了一下，只是昏迷了一下。总算，现在体温下降了，（摸着额头）没事了。"

这是将江户时代町人的对话，以一字不漏的方式写出来，也不太需要再翻成现代语意，大部分都是没有意义的文字。

有几个不太容易理解的部分我稍加说明。"早打肩"指的是肩膀在短时间内急速充血而疼痛。以前的人认为土法治疗就是在肩膀上，写上刀豆两字。

光是这一段应该就能理解，《浮世澡堂》这本小说是很嘈杂的。因为町人们总是叽里呱啦一直讲话。在吵吵闹闹之中，呈现出庶民写实生活的一面，让人不禁苦笑。这就是作者的巧妙笔法。

这本小说的内容，几乎全部由对话构成，以现代的话来说，就是类似手机小说。因为简单易读，很多都是发生在我们身边的琐事，因此阅读起来很有亲切感，就意义而言，式亭三马可以说是庶民文学首屈一指的人物。

江户时代的言情小说，就是手机小说？

在那个时代，并不是只有幽默小说大行其道。进入1820年代，言情小说也拥有相当高的人气。

在这之前虽然有洒落本，但都只是写如何在花街游里中，让自己受欢迎的诀窍。内容多是故事主角到游里去玩耍，不要像乡下土包子一样，至少让自己看起来举止合宜。例如，在讲烟花巷的话题，该如何讲才能显得有情调，而不是让人感觉只有情欲，还讲述怎么做能让自己看起来更体面等，根本就是一本到花街柳巷玩乐的指南。完全没有描写游女的性格，也不像近松那样，写恋情引发的悲剧等。说直白一点，不过就是描写游里的通俗小说罢了。

但是到了1820年代左右，从洒落本分化出言情小说。当时，因为宽政时代进行改革，颁布法令禁止违反公序良俗的读物。洒落本作家山东京传就曾经被铐上手铐，在家禁闭五十天。因为这样的法令，作家不太能再写以游里话题为中心的洒落本小说。接着开始流行在游里的题材中加入一些教训与启示，开始写嫖客与游女间拥有真心诚意的情爱内容，这就是言情小说的起源。

这样的法令促使文学深度提升。也就是说，爱成为言情小说中重要的主题。

言情小说的主角不再像洒落本的主角一样，是熟悉花街柳巷的老手，言情小说的主角往往是一些英俊小生，或是有钱人家的公子。这样的主角爱上游女，为游女牺牲一切。在洒落本小说当中，涉世未深的纯情男爱上游女已经是最大的极限，但在言情小说当中，不但出现与游女恋爱的内容，还有与游女结为夫妻的情节。在洒落本小说中，不会特意描写游女的个性，但是在言情小说中，充分给予了每一个人个性。然后，游女一定会爱上这个不是英雄人物的男主角，深陷于这样的爱恋之中。总之，言情小说

第八章\《浮世澡堂》，超级畅销书的文学价值

是非常浪漫的恋爱小说。

在这种言情小说作家中，水平最高的是为永春水。

据说他是商人之子，在江户出生。年轻时曾经入式亭三马门第当学生，也曾经担任过柳亭种彦（编按：江户时代后期的通俗小说家）的助手。为永春水原本希望成为出版业者，当他好不容易开了名为青林堂越前屋的书店，却因为店的规模太小，无法争取到为有名的作家出版作品。因此，他开始自己写作。

春水于1832年到1833年之间，发行出版全四编共十二册的《春色梅儿誉美》。这个作品受到读者狂热的喜爱，因此春水被称为江户言情小说的始祖。

《春色梅儿誉美》的主角丹次郎原本是藩主家总管的私生子，因为受到他人栽赃而背上冤案，因此必须躲躲藏藏过日子。而他是个美男子，艺伎米巴对丹次郎爱慕不已，对他掏心掏肺地牺牲奉献。不知是否外貌俊美的男子都这样，丹次郎没有那么喜欢米巴。米巴很在意丹次郎有一位未婚妻阿长，让她痛苦万分。遇到米巴与阿长争风吃醋的场面，丹次郎也只会在一旁呜咽而已。不只这样，丹次郎还和另一个艺伎仇吉有了深厚的感情。米巴与仇吉的"战争"更是激烈。

原来这就是言情小说。可能因为一开始就设定读者是女性，所以没有很露骨地描写性爱。虽然会提及与性相关的话题，但不会显得过分情色。当时的女性读者认为，丹次郎被这么多女性喜爱，却不沉迷于其中任何一位。看到丹次郎暧昧不明却真诚的感情，反而不会恨他，而是沉浸于恋爱的梦想中，并深受感动。

为永春水是台词会话本名人，他从式亭三马那儿学习到江户

口语会话文的书写方式,因此他所写的故事,都是以口语文体完成。因此,我们可以说这是江户时代的手机小说。

春水的口语会话本最值得注目的是,使用当时的口语体写成。文艺评论家唐纳德·基恩在《日本文学史〈九〉·近世篇〈三〉》中提到,春水最早使用近于言文一致(编按:言文一致运动是日本明治维新以来,主张言文一致的文学变革,即借由语言和文章的一致,能自由并正确地表现思想、感情的文体改革运动,经由二叶亭四迷、山田美妙、尾崎红叶等作家在各自的作品中尝试后,逐渐普及)的文体,是比明治时代的二叶亭四迷更早用口语写作的作家。这是说,春水比二叶亭早五十年,开始使用接近言文一致的体裁写作。

遗憾的是,这样的大作家,却在1841年底,被叫到奉行衙门,第二年还被铐上手铐,被罚在家反省五十天。刑期结束后,为永春水再也没有像之前那样风光了,没多久就过世了。

读本文学诞生,劝善惩恶

在江户后期,读本文学诞生了。称为读本是有点怪异,但读本与注重插画的草双纸(编按:江户时代中期,在江户出版、有插画的娱乐性通俗小说)是不一样的作品,因此才被称为读本。读本述说的,都是含有强烈道德人生训诫意味的故事。大部分的内容都是受中国小说影响的传奇故事。时代背景则多设定在战乱的室町时期。

读本中所讲述的故事，都不是在日常生活中会遇到的事件，大部分是描写像谜一样的老太婆、绝世美女、正义忠臣等人物，发生各式各样异想天开的怪异事件，也就是我们所说的传奇小说。而在书中，偶尔会穿插作者的警世格言。

虽然很多题材都取自中国的古典文学，但浅显易懂，不是特地为知识分子写的小说。因为内容多为劝善惩恶、讲述因果报应的传奇故事，因此让町人在阅读时，特别有感触，并引以为戒。

曲亭马琴不只倾注全部精力，写各种风格的小说，同时也是读本作家当中最成功的人物。他的作品让人无法预测情节的发展，是充满无限想象的传奇，带领读者进入幻想怪诞的奇异世界。

马琴是武士世家的第五个孩子，在江户出生。年轻时曾在几位旗本（编按：直属德川幕府将军的武士）之家担任仆役，1790年他成为职业作家的决心更坚定了，进到山东京传的门下学习。京传被处以铐刑时，他还以老师的名字，写了几本黄表纸。马琴的代表作有《椿说弓张月》及《南总里见八犬传》。《椿说弓张月》与镰仓初期的《保元物语》一样，都是关于源为朝生平的故事，但完全不受史实的束缚，故事的结局里，为朝竟然成为琉球的国王。总之，这格局宏伟的冒险故事，是内容曲折的大长篇。因为马琴精通中国文学，才能写出这样的内容。武家出身的马琴，为了述说武士道的理念，用诚挚细腻的笔法，写出这么精彩、具有警世效果风格的传奇小说。

而《南总里见八犬传》就更精彩了。1814年，马琴四十一岁那年出版这部书的第一册，主题愈来愈广。后来马琴共花费二十八年时间才完成这部总共一百零六册的大长篇，被誉为日本古典文学史上长篇传奇小说巨著。

我将这个故事的主要内容作简单的说明,如下:

> 结城家的将领里见义实被敌军包围,就在城池快要失守前,他对军犬八房开了一个玩笑说,如果它能取下敌军首领的脑袋,就将女儿伏姬嫁给它。没想到八房真的把对方将军的头脑取下。伏姬认为她不能不遵守诺言,于是与八房隐居到山里生活。伏姬知道自己不能跟牲畜有不正常的关系,因此一直守身如玉。没想到跟八房同住一年后,她发现自己怀孕了。义实的家臣金碗大辅孝德想拯救伏姬而进到山里,却失手将伏姬击毙。伏姬挂在脖子上刻了仁、义、礼、智、忠、信、孝、悌的八个念珠也因而散落到各地。分别拥有这八个念珠,且姓氏都以犬字开头的八犬士在各地陆续出生,后来,他们团结一致,重振了犬士,集合全部的力量,完成复兴里见家的声望。

我只是将这个故事的起源稍作说明,后来发生的故事更精彩。这个复杂且内容华丽的故事里,恶汉及怪人一个接一个登场,八犬士各自拥有自己念珠上所刻印字意的力量,靠着这些力量渡过一切的难关。这可以说是一本华丽且壮阔的大众小说。

江户时代后期,大众文学开启了新的文学形式。滑稽文学的十返舍一九、式亭三马,及言情小说的为永春水、读本的曲亭马琴等,这些都是我们在谈论日本文学史时,不能错过的重要人物。

虽然我已经讲了好几次,为了町人而诞生的大众文学,在这个时代的小说来说是非常有价值的。因为受到庶民的支持与喜爱，才能维持这样的能量。但是，是不是这样就足够了呢？文学受到町人的喜爱之后，在质量的提升上是不是有影响呢？我觉得这是一个值得思考的问题。

江户时代的大众文学有其相当的价值，是不容小觑的。但如果所有的文学都变成了大众文学，是否是件好事？我认为，我们同时也需要兼具教养与知识、令人赞赏的文学作品。

日本文学从此起了大变化，在江户时代结束以后，明治的新时代开始了，文学也开始出现有别以往的转变。

第三部 颓废、超现实、反资本的近现代文学

第九章 夏目漱石与森鸥外,谁更伟大?

第九章 \ 夏目漱石与森鸥外，谁更伟大？

好长一段时间，大家会将"最近《世界文学全集》已经没有那么受欢迎了"挂在嘴上。但是近几年，不知道是不是风向变了，又开始出版《新世界文学全集》或是与之类似的书籍，并且受到关注。

我年轻时就特别喜欢《世界文学全集》，如果可能的话，每一本我都想要收藏。现在我拥有四套《世界文学全集》。

但我并不是从头到尾一字不漏地阅读，我可能只阅读过所有藏书中的30%而已。虽然还有七成左右还没看过，但我觉得，拥有这些值得阅读的名作，在必要的时候，随时想看就能拿出来读，是一件重要的事。因为这样的理由，我连托尔斯泰的《战争与和平》都有收藏，虽然觉得自己可能一辈子都不会去看。

但是，不管是哪家出版社出版的《世界文学全集》，都没有任何一本收录日本的文学作品。仔细一想，可能是因为日本文学没有达到世界认可的水平，收录世界各地名作的《世界文学全集》，才没有将日本文学收录在内。

相信一定有很多人认为，我这样的想法是错误的。也一定有很多人想告诉我，由日本作家完成的日本文学名著，全部都收录在《日本文学全集》里，因此《世界文学全集》才没有特地收录日本文学。许多日本人习惯将文学分成《日本文学全集》及《世界文学全集》这两大类。

许多人都能理解这样的分类逻辑，因为学校里的历史课，也会分成日本史及世界史两个不同的学科。同样，大家也养成了将日本文学与世界文学分开思考的习惯。

但我认为这样的思考方式是有问题的。因为世界这个概念，应该包含日本，这样的想法才健全，毕竟日本也属于世界的一部分，世界这个名词，并不是除了日本以外各国的总称。

日本的世界级作家

比较《日本文学全集》及《世界文学全集》，可以知道，《日本文学全集》的选取标准比较松散。因为《日本文学全集》是从日本文学当中，选出五十篇名作。而《世界文学全集》，却必须从全世界这个广泛的范围中选出五十篇。要获选收录在《世界文学全集》当中，门槛相对较高。这就和在运动项目中，刷新日本纪录与世界纪录的分别一样。一般来说，刷新世界纪录会比刷新日本纪录的成绩更好。并不是日本选手没有刷新世界纪录的经验，而是当选手刷新日本纪录的同时，也刷新了世界纪录。其实日本人也创造了很多被世界认可的纪录。

在文学上是不是也是这样呢？日本文学是否也会收录在我所讲的，真正的《世界文学全集》里呢？

对于这个疑问，我认为，日本的确有许多作家，值得被收录

第九章 \ 夏目漱石与森鸥外，谁更伟大？

在这样的《世界文学全集》里。只是因为《世界文学全集》是从全球各地选取的，无法收录这么多位日本作家的作品。在五十卷的《世界文学全集》中，我想比较适当的比例，日本作家应该只有三卷或是四卷左右吧。

那么什么作品是应该被收录在《世界文学全集》当中的呢？首先，紫式部的《源氏物语》应该会入选。就算收录后可能会占用两卷的篇幅，我还是认为这作品值得收录。

接着应该收录其中的，就是夏目漱石的作品，这是完全不需要犹豫的。

除此以外，如果还要再选出三位作家，应该要收录谁的作品呢？我想就会开始出现分歧了吧。就我个人喜好及直觉，我觉得应该是井原西鹤、谷崎润一郎及大江健三郎吧。井原西鹤将近世庶民的实态，以文学的方式表现出来，这一点受到很高的评价；谷崎润一郎善用语言构筑美丽的世界，实力不容小觑；而大江健三郎则是以自己的亲身体验为题材，书写充满教诲意义的另类小说，将他的想法及理念传达给世界上每一个人，让人注意自己的言行，我认为是非常有价值的。而正在阅读这本书的你，也可以加上任何一位你觉得值得推荐的作家，一共六位，就是我认为应该收录到《世界文学全集》当中的日本作家。

以上内容有点偏离话题，但我真正想表达的是，在日本文学中，除了紫式部这种天才以外，夏目漱石胜人一筹、别具一格，说他是日本文学第一人，应该没有人不同意。

不说别的，夏目漱石的作品，受到广大的群众喜爱就已经证实了他的魅力。即使是现在，他有几部作品都还陆续被多次出版，印刷成文库本（编按：日本平装书籍的小尺寸本，比一般版本售价更便宜，也较容易携带）。在所有的文库本当中，卖得最好的就是漱石的《少爷》及《我是猫》。几乎所有日本人都阅读过夏目漱石的作品。光是想到这儿，就足以让人佩服了。

想一想，让人觉得不可思议的，是现代人阅读漱石的小说，几乎不会觉得痛苦，可以非常顺畅地阅读，当然条件是必须将汉字都改为新字（编按：1923年制定，现在日本社会通行的汉字字体），且遵从现代假名遣（编按：日本政府发布的日语假名使用规范）。漱石的处女作《我是猫》在1905年到1906年间出刊，《少爷》是在1906年，《三四郎》是在1908年，而遗作《明暗》（未完成）则是在1916年发行，漱石也是在这一年过世。也就是说，夏目漱石是一百多年前的作家。现代人可以流畅阅读一百年前的小说，大概就只有夏目漱石的作品了。

相较之下，森鸥外、二叶亭四迷、樋口一叶等人的作品，对于现代高中生来说，是非常不容易阅读的。如果不是阅读已经翻译成现代文的语译版，可能完全无法理解。但漱石的《我是猫》，连小学的高年级生都能笑着阅读。这是非常了不起的事。

为什么漱石的小说经过一百年，现代人还能轻松读懂呢？其实答案就是，漱石是现代文章的创始人。

进入明治时代后，日本作家或文学家，认为不能再沿用江户时代的通俗文章或候文（编按：日语在中世纪至近代期间所使用的一种文语体，类似我们的文言文），因此做了各种努力，想要创造出新的文体。如推行言文一致运动的二叶亭四迷、书写简单易懂文章的福泽谕吉，以及虽然是落语家（编按：落语是一种日本的传统表演艺术,最早是指说笑话的人,后来逐渐演变成说故事的人坐在舞台上,描绘一个漫长和复杂的滑稽故事,对服饰、音乐等皆讲究,与中国传统的相声有类似之处,不过落语演出通常只有一个人)却也参与创作的三游亭圆朝等人,都在不断摸索创造新文体。

二叶亭四迷学习俄文,除了翻译俄国现实主义小说家屠格涅夫的作品,也试着创作口语化的文章。这就是言文一致运动(编按:和中国白话文运动约莫同时)。

山田美妙也立志要写出言文一致的文章,不断思考是要用口语化的"是""有"(编按:日文"だ""である"),还是用文书化的"是""有"(编按:日文"です""ます")。不过,最终还是没有得出统一的结论。

在这样的时代,漱石好不容易完成现代的文章。可以说,现代我们写的文章形式,是由夏目漱石创造出来的。

这不是我个人的想法,司马辽太郎也曾在文章或是公开发言中提到,漱石是现代文体的完成者。在《世界之中的日本》司马辽太郎与唐纳德·基恩的对谈中,也曾经提到这样的内容:

> 对于明治元年以后,使用日本语书写的文章,是在什么时候才趋近成熟这一点,我认为是在夏目漱石的时代,才开始看到。在这里我们所说的成熟,是指可以书写一篇关于日本与美国的贸易摩擦的社论,也可以书写关于自己的恋爱感情的小说。也就是说,可以多目的书写各式文章。我认为,这是在明治四十年左右,由漱石所创造出来的。

日本小说家井上厦也曾经说过同样的意见，而著有《是漱石先生哟》，夏目漱石的外孙，同时也是知名作家的半藤一利还分析过，自由自在地使用口语化的"是""有"所书写的文章，是从夏目漱石的《我是猫》之后产生的。总而言之，现在我们可以普遍使用口语化日文写文章，是夏目漱石的功劳。

简要来说，夏目漱石是创造出现代文章的人，光看这一点，就可以说明他在日本文学上的影响力。

为什么漱石能创造出新的文章呢？关于这一点，我认为，那是因为他是一位英语文学学者。大家可能不太记得，夏目漱石原来是在东京帝国大学教英语文学的教师。在那之前，日本文部省[1]为了进行英语研究，才派他到伦敦留学。在伦敦期间，他埋头英语研究，差点得抑郁症。成为小说家之前的夏目漱石，应该是所有日本学者当中最了解英语及英国文学的人。应该说，他的英文能力在他创作新的日本文章时，发挥了很大的作用。

在《我是猫》这本书的开头，漱石写了"我是猫，还没有名字"。若用英文思考，可以转换成"I am a cat. I have no name, yet"。因为我的英文能力不是很好，没有办法翻译更多的内容，但无论怎么看，这篇文章的背后，都隐藏了英文的文法结构。也许是因为这样，让文章保有恰当的理论性，没有过度受到情感或是语气影响，也因此产生出有别以往的现代文章。

不过在此我要特别提一下，夏目漱石的专长并不只是英语而已。他在中学时期就已经是汉文高手，在他思考是不是应该

---

[1] 日本的文部省以前曾是日本中央省厅之一，管辖教育、文化、学术等。

往英语领域发展时，他也曾经感到困扰，是不是往汉文领域发展比较好。

除此之外，漱石也喜欢落语，他更喜欢阅读江户时代的滑稽文学及狂歌，是狂歌师大田南亩的粉丝。身为江户出身的人家，他还可以用很快的语调自由自在地说唱浪曲（编按：又称浪花曲、难波曲等，是日本的一种说唱艺术）。虽说漱石的文章，应该是综合了这些元素获得的成果，但从他的文章结构看来，还是觉得是他累积的英语能力，造就了这样的夏目漱石。

许多人都在努力，只有夏目漱石做到了

夏目漱石伟大的不只是创造新文章这件事。在文章的内容上，他也打开了现代文学之门。

之前我说过，在江户时代，文学成为町人文学，大众文学开花。事实上，因为这样的结果，文学变得精彩丰富，也进入前所未有的繁盛期。但从坏的方向来看，不得不说，这时的文学流于低俗，内容质量也显得较差。

接着时代变了，进入明治时代。武士的时代结束，停止锁国政策，日本开始将眼光望向全世界。

明治时代的日本人，观念革新的速度，是令人吃惊的。与锁国时最大的不同在于，当时的人开始认为，日本应该要多方学习西洋文化，以促进日本现代化。政府的重要人物大量前往美国及欧洲访问，学习政治制度，可以说对西方的一切事物非常狂热。

建了大学以后,远从美国或欧洲聘请教授,也从欧洲聘用近代技术的指导者,在军事上,也为了向欧洲学习,从欧洲聘请现代军事专家来指导。

没有人质疑,日本维新改革对或不对。全国上下一致认为,因为日本已经进入新的时代,这样的转变是必要的。在文学上也有同样的呼声。大家都有强烈的共同意识,认为新时代的文学,必须与江户时代的大众文学不同。这时的人们认为,弥次郎及喜多八,或是《八犬传》这样的故事不能算是文学。人们积极学习西洋文学,努力想要开创新时代的文学。像是日本剧作家坪内逍遥学习英国文学,并将莎士比亚的作品介绍到日本。他在1885到1886年间,发表著作《小说神髓》,并在当中提倡新式小说的书写方式。他强调,应该抛弃以前的劝善惩恶主题,注重写实:"小说的核心是人类的感情……人类情感主宰一切,贤者、君子,还有男女老幼等所有人心中的善恶正邪,没有遗漏地写下来,让人的情感真实地被看见,是我们身为小说家的重要任务。"这个意思是,他认为描绘人物心理的小说,才是新时代的小说,之前那些有趣的、怪力乱神的,注重道德或警世的都不能算是小说,这就是明治时代小说家创作的目标。

但是,逍遥的这个意见虽然正确,却没有促成新时代文学诞生。虽然他在写作上,已经尽量接近写实,却依然保有江户文学的味道。

另外,樋口一叶也值得注意。她于1895年到1896年间发表的《青梅竹马》,以十三岁到十五岁的青春期男女为对象,书写他们青涩的恋情、不想成为大人却又想要快点长大的矛盾情感,是一部非常接近人类实际情感的小说。可惜的是,一叶以江户时代的语调完成这本小说,让人误以为这是一本古典文学,只是主题是与现代相关而已。更可惜的是,一叶写了这本小说的半年后,她年轻的生命就结束了(编按:二十四岁时,死于肺结核)。

在这个摸索实验的时代,夏目漱石登场了。他的《我是猫》以及《少爷》,虽然是新的文章,但以幽默来描绘人物心理这一点,感觉稍稍不足。从发表《三四郎》《从此以后》《门》这三部互有关联的作品后,夏目漱石开始尖锐细腻地刻画人物心理。也就是说,他的小说接近当时人对现代文学的期待。到这时候,江户时代的文学总算画上休止符,20世纪的日本文学从此诞生。

因此,我认为,如果有人要编一本真正的《世界文学》,是一定要把夏目漱石编列其中。

英文让夏目漱石的文章走向现代

如果要深入研究为什么夏目漱石能够创造出新文学,想来想去,理由还是他受到英文的影响。举例来说,18世纪的英国小说家考文垂,著有《爱玩犬的生活与冒险》这本书,漱石是英文学者,所以他一定看过这本书。而他一定也知道德国作家霍夫曼写的《公猫摩尔的人生观》。不管哪一本,都是以动物为主角的故事。我觉得,因为他看过这样的小说,才能联想到以猫为主角来写《我是猫》。虽然这只是我个人的推测,但绝对不是没有根据的想象。

另外，丸谷才一先生也曾经说过，《我是猫》这本书的灵感应该来自英国牧师兼作家的斯特恩所著的《项狄传》。漱石到伦敦留学之前，在熊本的第五高等学校担任教师时，曾经以短文的形式评论这本小说，因此可以确定他读过这本书。

《项狄传》是一本大胆的小说。主角虽是项狄，但是故事内容却脱离主题，全书共有九卷，到了第三卷才总算开始提到主角的诞生，内容与众不同，充满出其不意的发展。故事到第六卷为止，都还是描写主角的童年。这其实是作者戏谑模仿其他已经存在的小说而成的作品，极尽恶搞。

丸谷先生的说法是，夏目漱石应该是觉得，像这样随心所欲、开玩笑地想到什么就写什么，比较容易写出有趣的内容，因此他才写了以"猫"为主角的小说。以漱石是英文学者的背景来看，这样的说法有很高的可信度。

另外，丸谷先生也认为，《少爷》这本书，应该是参考英国作家菲尔丁的代表作品《汤姆·琼斯》而产生的灵感。《汤姆·琼斯》的内容是，被某位伯爵养育长大的孤儿汤姆·琼斯，为了想要冒险而离开家到城市去，却不断卷入麻烦事中，还差点被送上断头台，最终意外获救。这个故事的结局是，发现汤姆·琼斯其实是伯爵妹妹的私生子，最后他与伯爵达成和解。

故事当中的汤姆·琼斯是个好色之徒，他对多位女性伸出魔掌。但是依据丸谷先生的说法，这个好色的特点，在"少爷"身上完全看不到。这是《少爷》与《汤姆·琼斯》最大的差异。而"少爷"是个在家待不下去的人，因此离开家外出旅行，并在途中不断卷入各种纷争。丸谷先生认为在故事结构这一点上，确实与《汤姆·琼斯》如出一辙。

我个人觉得,夏目漱石参考外国小说写作是预料中的事。因为他在东京帝国大学教英文,在他的脑中,一定充满许多与英文相关的知识。当他决定自己写点什么时,不可能不受到英文影响。也许他也参考了江户滑稽文学好笑的部分,但从他的小说结构、设定主题的方式来看,他应该大量参考了英国文学,才能写出这么有价值的作品。

因为这些因素,夏目漱石才能创造出现代文学。从《心》《道草》到《明暗》,可见其文学的深度与广度。总之,他以一个人的力量,奠定了日本现代文学的根基,可以说是一个奇迹。

森鸥外一手救人,另一只手抚慰人心

也许有些人看到这里,会因为我怎么不谈论另外一位作家而感到不耐烦。如果我都这么详细地聊了夏目漱石,还有另外一位作家,也应该提出来讨论。

这个人就是森鸥外,他是明治时代与夏目漱石齐名的文豪。与漱石相比,很多人都觉得森鸥外是更伟大的作家。

确实,鸥外也是文豪。与此同时,他也是军医,是个在工作领域上非常有成就的人。实际上,森鸥外是东京帝国大学医学部理科系毕业的,而夏目漱石则是东京帝国大学英文系毕业,以专业来看,就能了解两个人的性质是完全不同的。

森鸥外曾经到德国留学,也接触到了德国文学。他以留学期间与一位舞者的恋爱故事写成了《舞姬》,这本小说是森鸥外的处女作,并使他成为小说家。这本小说的结构,混合了和文及汉文风格,被称为雅文体,虽然与现代文有一点点不同,却是充满智慧的华丽文章。《舞姬》的开头是这样写的:

> 我已经将煤炭堆放好了。二等房的桌子显得特别安静,感觉灯光这么明亮也显得浪费。因为以往每个晚上聚集在一起的牌友,都住到饭店去了,留在船上的就只有我一个人。

因为内容夹杂汉文及和文,现代人很难流畅地阅读,因此在创造现代文章的手法上,夏目漱石应该算是比较有成就的。但是,森鸥外的小说,不管是主题或是讲述的方式,都很现代了。

森鸥外出身于德川时代武士之家,自然而然地,对于武士有特别的情感并感到自豪,认为忠孝重于一切。同时,森鸥外因为学习西洋的自然科学,也拥有科学家的眼界,也可以说,他拥有两者的知识并将之巧妙地融合在了一起。不只如此,森鸥外还曾翻译安徒生的《即兴诗人》,在文学界获得了很高的评价。

这是在夏目漱石开始发表文章之前的事。在当时身为教师的夏目漱石眼里,森鸥外是一位获得高度评价的文豪,这让他很羡慕。等到夏目漱石自己成为作家后,他将森鸥外视为作家界的前辈,非常尊敬他,每一次自己出版新的作品,都要特地送一本去给森鸥外。但他们并没有深交,对夏目漱石来说,森鸥外就只是一个让他尊敬的前辈。

森鸥外在中期写了《性生活史》《青年》《雁》等内容多元的作品。其中比较有趣的是,他写的《青年》这本小说,很明显是受到漱石的《三四郎》的刺激,产生所谓的竞争意识才写的。然而以作品的完整性来说,被许多人批评不及《三四郎》。

森鸥外的作家人生是很充实的,他还写了《高濑舟》与《寒山拾得》等书,迎接了自己"丰收成熟的时代"。直到明治天皇驾崩,发生日本陆军大将乃木希典自杀事件(编按:1912年明治天皇过世,乃木希典切腹自杀,其妻亦以短刀割颈自杀,为天皇殉节),森鸥外才开始写历史小说。其中《阿部一族》及《涩江押斋》就是他的代表作,也有一部分的文评认为,森鸥外的小说当中,以他后期创作的历史小说最为出色。

不管怎么说,森鸥外的文学活动非常丰富,称他为日本的大文豪,应该没人会反对。

可惜的是,森鸥外的文学过于严谨。在他的所有作品中,找不到任何幽默的内容,纯然让人感受到他身为医学家及武士的专业,让人感觉,不管是他的哪一个作品,都具有高度的理性及教养。

因为这样,森鸥外的风格只有他能写得出来,在他死后,没有人可以继承他的文风继续创作。虽然森鸥外是个伟人,写了很多优秀的作品,但只能成为个人尊敬的对象。

与此相较,夏目漱石开创的文学大道上,有非常多的追随者。除了他自己直接收的徒弟以外,许多未曾亲炙夏目漱石的作家,也追随他所创造的现代文学路线前进。

森鸥外最可惜的是,他没有任何弟子。不只这样,他晚年写的历史小说,也很少人阅读。因为他后来写的作品篇幅太长,没有什么戏剧性,很少写到人物心理纠葛的情节,因此没有得到大众的喜爱。

但是,还是有人坚持他后期的作品具有高度价值。以一般人的眼光来看,森鸥外所写的文章的确愈来愈无趣,但也可以说,是他的境界愈来愈高了。在不知不觉间,他已经成为一位伟人。因此当大家提起日本的文豪,总是自然而然地想到森鸥外。此外,他的许多作品,还是受到大众的喜爱及阅读,所以他是一位促使人们能更深度思考的作家。

我相信不用特别说,一定有人认同森鸥外是伟大的作家,并且坚持作家的价值不能靠着他的作品是否受到大众喜爱来决定。我个人的想法是,森鸥外是个非常有知识学问却过于认真的作家。他的作品不太有趣,阅读起来感觉艰涩难懂。在这一点上,我认为明治大正的文学家夏目漱石是冠军。如果是夏目漱石的作品,我能肯定地说,一定会受到所有人的喜爱。

第十章 只对自己有兴趣，和大家分享自己的黑暗面

第十章 \ 只对自己有兴趣，和大家分享自己的黑暗面

在前一章节，我总算聊到大家比较熟悉的夏目漱石及森鸥外等作家，不过，我还是只能大概地、用最快速的方式继续聊文学。因为，如果要仔细了解夏目漱石及森鸥外以后的日本文学，内容丰富到足以另外再写一本书。但我在这里不想针对个别的作家，一个一个深入探讨他们的文学贡献，而是希望让大家了解日本文学的基本发展过程，并简单地说明。

自然主义，让作家只管写自己

接下来我们来看，现在还没谈过的日本近代文学的先驱者。其中一位就是幸田露伴，他的代表作品是《五重塔》。这本小说是描写一位木匠工人，因为自己一生想要有一次经验，而冒失地想要承接五重塔的建筑工程。整个故事使用端正的口语文书写，内容架构也显得很理性。幸田露伴的文笔沉稳安静，很有男子气概，也显得比较高雅。他是一位中国文学造诣很深的人，在表达男性追求理想这一点上，可以说他是很有日本味的文学人物。

与他相对，非男性化表达的是泉镜花。他的代表作有《高野

圣》《妇系图》《歌行灯》等小说。泉镜花是一个有异常恋母情结的人，因此他将自己对于女性的崇拜想法，在怪诞的幻想世界中描写出来。泉镜花受到江户时代通俗文学的影响，也是日本唯美文学的始祖。

在夏目漱石还在当老师时，日本文学中产生自然主义派，其中有几位比较优秀的作家。例如国木田独步、田山花袋、岛崎藤村、德田秋声及正宗白鸟等。

西方的自然主义，是指受19世纪法国作家左拉及福楼拜文学思想影响，认为描写人类真实的样貌，才算是文学的思考方式。但是日本的自然主义，与左拉及福楼拜的自然主义又有一点点不同。相对左拉及福楼拜追求写实的人性，在日本，更强调个人的真实性，也就是比较倾向追求作者本身的真实性，往下挖掘并书写。简单说就是，宛如作者的自白。

仔细想想，在明治后期，能够在日常生活中体味文学之乐的知识分子阶层，人不在多数。或许只有少数大学生，及一小部分其他人。想要成为小说家的人，几乎都是从大学毕业的精英。这些优秀的人，将自己的事，毫无保留、赤裸裸地写下来，当时的人认为，让人感觉愈趋近真实愈可贵。

大学生对这些有学识的作家感到憧憬，认为他们将所有的目光摆在自己身上，他们阅读这些作家毫无隐瞒地写下自己的爱欲烦恼、家庭不和、傲慢及优越感等，觉得这一切关于人的写实内容才是文学。因为这股风气，文学几乎没有什么故事性，变成作家个人的烦恼告白。

以《武藏野》为代表作的国木田独步，多多少少比较冷静地看待现实并加以记录。但以《蒲团》为代表作的田山花袋，虽然广泛阅读法国作家莫泊桑的作品，却在自己写小说时，只是不断将自己的体验放大而已。看他的作品，甚至让我觉得，他是不是以为，只要不断重复表达自己的忏悔就是文学。

岛崎藤村以诗人身份，第一次发表作品《若菜集》时，还是浪漫主义者，但是当他转换为小说家，完成《破戒》《新生》《拂晓前》等小说，内容就显得比较趋近自然主义派。《新生》是岛崎藤村个人的自白，另一方面《破戒》及《拂晓前》描写的是被时代捉弄的自己。从这些作品中多少可以看出社会的缩影，但还没有达到反映平民生活的现实状况。书写《粗暴》及《缩影》的德田秋声虽然拥有社会写实的视点，但是思想上欠缺深度，没有带给读者不同的文学风格及感受。

在这个时代，认为只要赤裸裸将自己的事拿出来宣传就是文学，他们这种奇妙的想法与认知，能够在日本文学中发芽，我觉得是一件可悲的事。每一位作家都是很认真且有热情的，但是他们没有以个人为起点，书写能够让所有人感同身受的思维。

日本的自然主义文学，让日本的小说变成作家个人的抒发通道。这些选择成为作家的人，认为只要将自己的事真实地呈现及书写就是文学，这是一种变形的文学观。

白桦派是富家子弟不切实际的空谈

1910年4月，一群从学习院毕业、立志成为文学家的年轻人，创立了文艺刊物《白桦》杂志。在这个刊物发表文章的主要成员组成了白桦派。要聊白桦派感觉有点空虚。因为冷静思考，就会发现白桦派文学，不过是一群名门学校出身、有钱人家子女写作的文学。

首先我们来看看白桦派作家有哪些人。主要的人物有武者小路实笃、志贺直哉、长与善郎、有岛武郎、里见弴等。

这些有钱人家的少爷，是认真地尊敬艺术，视艺术为真理。他们尊敬比利时诗人梅特林克。比起艺术家的贡献，他们更崇拜艺术家的思想。白桦派受到人道主义及理想主义的影响，主张应该对自己严谨。《白桦》杂志还将法国雕塑家罗丹、法国画家塞尚、雷诺阿及凡·高等画家介绍到日本。白桦派就是由这些没有任何社会或是政治倾向，展现出艺术至上的思考方式的年轻人集聚而成的。

除了有岛武郎之外，白桦派同人毕生都不关心社会事件，甚至觉得认真思考社会事件让人感到厌恶。白桦派的作家跟自然主义作家完全相反，他们对于自己的兴趣及价值观有一定的自信，敢于完全没有顾忌地在公开场合发表自己的主张。总之，白桦派就是富豪少爷的不切实际的文学。

我们从代表作家当中，聊聊其中三位。首先我们看看武者小路实笃。他是一个非常自信的人，可以说他崇拜自己，认为自己是特别优秀的人。虽然他是人道主义者，但在本质部分却又是一位个人主义者。他写的《天真的人》《友情》《爱和死》等代表作品，对当时的青年来说，可能是让人感动的作品，但实际上不过就是沾沾自喜的个人小说。

这些作品最大的缺点，就是他认为自己的思考方式才是最正确的，以这样的立场写出来的小说，在现代看来，只能当作一本幽默小说来读。我个人觉得，如果身边有一位这么自负的有钱少爷，我应该会很受不了。他算是一位很特别的作家。

志贺直哉也是白桦派人物，我对他的想法有点复杂，在日本，志贺直哉被喻为小说之神，被当成偶像崇拜。谷崎润一郎曾经在《文章读本》中称赞过志贺直哉的文章，也因此他被称为全日本最会写文章的人，带给后世作家诸多影响。

确实志贺直哉有许多文章受到后人欢迎，也擅长写出没有任何赘言的完美短篇小说，不管哪一点都很值得敬佩。我常常对他完美精致的描写感到佩服。但是志贺直哉的小说当中却没有思想。他只是将自己喜欢的事，详细描写出来。

志贺与武者小路实笃不同，他并不是人道主义者，反而是个人主义者，也是快乐主义者。但是在他只对自己的事感兴趣这一点上，确实是属于白桦派作家。

志贺直哉是一位一辈子纠结于自己与父亲不和关系的作家。直到他终于和父亲和解后，才写了《和解》一书，在那之前他也书写自己与父亲不和的小说。简言之，他对别人一点都不关心，对自己却非常自豪，非常固执地书写自己纠结的事。作为读者，我经常想，为什么我非得阅读你的困扰不可呢？话虽如此，他的作品还是有一定的价值。

现在就来看看志贺直哉的代表作《暗夜行路》。主角是出身名门，名为时任谦作的作家。光是这样就足以让读者想到，这根本就是志贺自己，作者自己也知道，读者一定知道是在写他自己。的确，这本小说，就是在书写富豪作家心中的苦闷。

不过，并不是全部的内容都是自己的人生经历，有两部分是虚构的。其一是主角不是自己父母亲的小孩，而是祖父性侵母亲所生下的孩子，其二是主角的老婆被表兄弟性侵，这两件事是虚构的。除此以外，整本小说都是书写志贺直哉的迷惘或是烦恼。这本小说就是作者要求读者，阅读"我"的人生、了解"我"的思想的小说。文章的内容很优秀，故事结构也很完整，但是主角没有任何魅力，对于读者来说，拥有优越感的男性的烦恼没有任何说服力，故事也不具有任何值得深思的价值。

虽然故事当中有虚构的部分，但整体来看还是一本个人小说。加上作者是白桦派，因此整本小说都是对于自我肯定的内容。对于这样的小说，就和观赏日本画作一样，对细部精致细密的部分感到佩服与感动，但也仅止于欣赏而已。

另一位值得注目的白桦派作家是之前提到名字的有岛武郎。有岛从学习院的中学毕业后，进入札幌农学校就读，毕业后到美国留学，到哈佛大学就读。白桦派成立时，他被以学长身份要求参加，因此他比武者小路或是志贺直哉的年纪大了五岁以上。

有岛武郎虽然是名门之后，但是因为他曾到国外留学，并且学习外国文学，因此他的代表作《一个女人》，非常接近现实地描绘出一位拥有坚强意志力及行动力的女性，有世界文学名著的风范。因为过于有名，还曾经被指摘是受到俄国作家托尔斯泰的小说《安娜·卡列尼娜》的影响。

实际上，这本小说的主角确实存在，甚至在书中出现与有岛武郎极为相似的角色。从这点来看,虽然这也是记录身边发生的事,但还是与个人小说的风格不同。有岛武郎能写出这样的小说,可以说是比较特殊的白桦派人物吧。

芥川、荷风与谷崎,近代文学三巨匠

小林多喜二的作品《蟹工船》,反映了当时社会贫富差距问题,"蟹工船"一词甚至被选为2008年的新语、流行语大奖中的十大流行语之一。令人意想不到的是,最近无产阶级文学又再次受到瞩目,但我认为这不过是一时性的流行罢了。本质上,无产阶级文学不过是呼应劳动革命运动诞生的,无产阶级文学有特殊目的,欠缺文学上的纯真,因此显得没有文学价值,就像政治宣传的小册子不能算是文学作品一样。

接着我想聊聊,近代文学上三位巨匠的表现。

首先是芥川龙之介,他是一位头脑聪明的作家。他阅读过非常多的书籍,拥有精准且正确的描写能力,没有人比他更能写理性小说。他在年轻时就得到文坛认同,是一位值得注目的人。但是他的私生活却受到疾病与精神病影响,导致神经不断受伤。我觉得,他的存在本身就是一种文学。芥川龙之介是一位利己主义者,但他觉得如果只靠利己主义活着,是一件痛苦的事,并受到这样的想法影响,他一生都感到痛苦。当他对社会有不同的意见时,他就将自己的想法写成小说。芥川龙之介为了恰当地表现主题,会从他让人惊异的学识中,找出适合的词语。他喜欢从和歌中取出一两句适合的词语，写到自己的小说当中。他初期的作品几乎都与历史有关，因此经常从《今昔物语集》，或是基督教文学中截取或修正语词。可以说，芥川龙之介不是靠着观察社会或人来创作，而是靠着自己的聪慧与知识来写小说。

他并没有经常接触无产阶级文学，对于个人小说也显得漠不关心，虽然他也会书写类似自传的小说，却几乎没有写过个人小说（我无法断言他从没写过，是因为我觉得，他描写渐渐疯狂男子心理的小说《齿轮》，在某些议题上，可能属于个人小说）。

不知道是不是因为芥川龙之介是以理性写小说，他的小说经过时间流逝，也不会觉得内容过于老旧。他是那种拥有永恒价值的作家。

接着我们来看看永井荷风他也是一个怪异的人。

永井荷风也是名门之后，靠父亲的帮助到美国留学，还到了法国。但他却一生抗拒自己是名门之后这件事。他不只是反抗自己的身世，也对社会感到不满。他只做自己喜欢的事，只书写自己喜欢的内容，也是一个超级个人主义者，重视人道主义。他喜欢到花街柳巷玩耍，与许多妓女往来，常写关于花街的小说。也因此被称为唯美主义者。代表作有《断肠亭日乘》及《濹东绮谭》，但是内容都是关于花柳界的事，我有时会觉得，这个一生充满怪诞的作家，在文学史中到底有什么价值？不过我总是立刻提醒自己，他的存在一定有他的价值。

我们再来看看谷崎润一郎。提到他的代表作，马上可以在脑海中浮现《刺青》《痴人之爱》《卍》《春琴抄》《细雪》《少将滋干之母》《键》等许多作品，他真的是一位大作家。

谷崎润一郎其实是一个有恋母情结且非常自我的人，他一生都在写对女性的崇拜，是个有点变态的作家。不过，谷崎并没有将自己变态的这部分，用自白的形式写出来。他没有赤裸裸地书写自我，反而让他的作品充满绚烂的故事。虽然故事内容较通俗，但我觉得，这也正是他的文学风格。

谷崎润一郎对于自己的变态一点都不觉得困扰，还因为过度自信，经常在将自己的作品拿出来给人家看时，对人家说："你看这作品如何？是不是丰富到可怕呢？"他用让人想象不到的笔力，讲述怪奇的故事，总是让人感觉充满魅力。

谷崎润一郎也许是一个超越日本文学框架的人。但在某个时期，他曾经被批评是一个没有自己思想的作家，但我认为，他是将自己喜欢的世界，完美地用故事呈现，不直接公布结果，让读者想要继续看下去。与那些被狭隘想法耍得团团转的文学相比，这样的作家反而让人觉得更有魅力。

川端康成是变态萝莉控吗？

在第一次世界大战前后，受到西欧达达主义[1]、未来主义[2]及

1　达达主义兴起于苏黎世，是涉及视觉艺术、以诗歌为主的文学创作、戏剧和美术设计等领域的文艺运动。
2　未来主义是发端于20世纪的艺术思潮，最早出现于1907年，意大利作曲家布索尼（Ferruccio Busoni）的著作《新音乐审美概论》被认为是未来主义的雏形，主要产生和发展于意大利，也对其他国家产生了影响，俄罗斯尤为明显。

表现主义[1]等破坏性艺术运动的影响，日本出现了新感觉派[2]。

横光利一是新感觉派的主要推手，他的处女作《太阳》，描写耶马台国的女王卑弥呼，与围绕在她周围的王子的故事。内容使用崭新的口语书写，使用感觉上的修饰、快节奏的文体以及简短的文章，表现生动有趣的故事发展。与其说是时代小说，不如说是出色的现代小说。

总之，新感觉派很新潮，与老是书写自白的自然主义文学完全不同，具有艺术性、象征性及实验性。

横光也有重视心理描写的长篇小说《机械》，他就像是一生不断重复做实验的作家。他的存在，为日本文学带来一股新的生命力。

谈到新感觉派，许多人可能不知道，川端康成早期也曾是新感觉派，他的作品总是让人搞不懂他话中的意思。提起川端康成，大家对他的印象，就是他代表日本接受诺贝尔文学奖颁奖，以及他的感受敏锐。他是个天才型的人，名作《伊豆的舞女》好几次被改编成电影，成为青春小说的杰作，收录在高中教科书当中。

其实川端康成也是一位变态作家。《伊豆的舞女》是具有洛丽塔情结的小说，这绝对不是在说坏话，将变态心理融进文学审美，也有积极意义。有时我会觉得，一点点的变态，是身为作家必要的条件。

---

1 表现主义是于20世纪初流行于法国、德国、奥地利、北欧和俄罗斯的文学艺术流派。
2 新感觉派是20世纪初在日本文坛兴起的一个文学流派，是日本最早出现的现代主义文学。主张文学以主观感觉为中心，否定客观，以"新的感觉"表现自我。

第十章 \ 只对自己有兴趣，和大家分享自己的黑暗面

川端在少年时代失去所有的家人，是位拥有孤儿情感的男人。他在身为孤儿的痛苦及讨厌被同情的矛盾中长大，据传年轻时还曾经被同性之爱吸引。因为怀抱孤儿的悲哀，所以他也拥有傲慢的性格。他只重视自己对美的意识，认为只有自己才懂真正的美。

我们来看看《伊豆的舞女》。主角是东京第一高等学校的学生。为了抒解自己成为孤儿的心情，一个人到伊豆的温泉去旅行，途中巧遇一行六人的流浪艺人，并爱上了其中一位十四岁的舞娘。

如果不经心阅读这本书，不会发现他刻意在相遇上，隐藏了阶级差异。第一高等学校的学生，是让人不由得会使用敬语讲话的知识精英，而另一方面，流浪艺人被立牌限制不能进出村庄，有时还得靠着卖春过活，生活在最低阶层。然而小说当中，第一高等学校的学生与流浪艺人的舞娘，却能以纯净的心彼此心灵相通，最叫人感动。但是仔细思考，对于这样的心灵相通会感到愉快，只有在上流阶级的人莫名的优越感中，才会成立。

故事中的主角，只是因为自己被年幼的少女喜爱而感到高兴，也因为感情丰富而让少女为他流了不少眼泪。也许大多数的读者，对于这样的情节觉得感动，但我认为，这只不过是男性的自我陶醉罢了。

简单来说，川端只看到令他觉得愉快的事物，只理会他觉得美妙的事物，如果是不够美好的东西摆在眼前，他连看都不会看一眼。从这一点来看，川端其实是一位冷酷的人，是位只对自己有兴趣的顽固孤儿。

他的《雪国》与《山之音》等名作，基本上也是有点变态的作品。这对文学来说，一点都不是坏事，但是在某种程度上，川端可以说是一位只自顾自说的作家。我觉得川端虽然没有书写个人小说，但他在写故事的同时，时时刻刻都在自我说明。

比较起来，另一位变态作家谷崎润一郎是将自己的嗜好，编写成绚烂的故事，引导读者去阅读。然而川端虽然书写看起来美丽的故事，却让人搞不清楚他的目的。

不过，这些只是我个人的想法，毕竟还是有大部分的人认为，川端的抒情文章很美。有时候他的小说也有让人感到惊讶，甚至起鸡皮疙瘩的深度，所以他是一位非常伟大的作家。

太宰治与三岛由纪夫：无赖与神童

因为不是在为日本文学作总整理，因此很多的作家都会在此省略。不管是"转向文学"（编按：昭和初期因遭打压，放弃无产阶级思想的作家，转向所写的作品），或是愈来愈多作家不再只写个人小说，我们在这里都不多作讨论。在战争时代产生的战争文学，我也直接省略。但是在最后，我想与大家一起聊聊，"无赖派"的太宰治与战后最著名的文豪三岛由纪夫。

太宰治毋庸置疑是一个无赖之徒。他的生活乱七八糟，有极度的忧郁情感，是一个对于既有价值观极端厌恶的人。他是一位非常会写文章的名人，不管什么事，通过他的笔，都能呈现出精彩的故事。作品总能让人惊艳，但感情过于细腻，有点神经质，

第十章 \ 只对自己有兴趣，和大家分享自己的黑暗面

因此他的写作内容受到局限。总之，他是一个一生不断捣蛋、做坏事的人。对于太宰治那不可思议的罪恶感，有人认为应该归咎于他年轻时接触的左翼运动。

太宰治活在绝望与虚无的生活中，因此无法忘记随时取乐与逗笑别人。代表作品有《维荣的妻子》《斜阳》与《人间失格》等小说，这些小说可以说是将日本的个人小说重新推到高点的作品。

另一方面，三岛由纪夫原来是文学神童。他的文体充满文学技巧，充分展现了高超的修辞手法。看他的文章时，会让人不禁想问，这么难的言辞，为什么他会知道？他是个天才文学家。他不仅精通西洋文学，对日本的古典文学也很熟悉，可以说他在所有题材中，都有让人眼睛为之一亮的小说。

长期以来，我一直觉得三岛由纪夫的文章不对我的胃口，因此我不怎么读他的作品（这跟他的死法也有相关。我不想受到他的影响，因此不太想阅读他的文章；他在1970年因为极端激进的政治目的，按照日本传统仪式切腹自杀）。我快六十岁时，才阅读了他的作品《金阁寺》，这对我产生极大的冲击，没想到日本有这么出色的小说。这部小说是以真实发生过的金阁寺纵火事件为题材，是一部非常接近事实的小说。这是由"美"及"自卑感"两个观念相互纠结，却能忠实呈现事实的，最后升华成光辉灿烂的结局收尾。我想着这是什么样的作家所写的，佩服到讲不出话来。

我没有能力说明三岛由纪夫在写这部作品时，心里在想什么，而这些想法又是如何变化。我相信正常的人应该都无法理解他的想法。我只是觉得三岛由纪夫是明星，且能将明星身份维持下去。

我在这里想讲的，是太宰治与三岛由纪夫有些不可思议的相似点。

也许有人会提出反对意见，认为太宰治是比较女性化的作家，而三岛由纪夫的文笔比较阳刚（在我印象中他们也是这样的人）。或许有人会说，太宰治是一个擅于使用词语的名人，而三岛则是拥有华丽装饰技巧的天才，认为他们两位是不一样的。

但我发现这两个人的共通点，是他们只对自己有兴趣。虽然两个人喜欢的东西不同，但是他们都只书写自己喜欢的事物，好像看不到其他的东西一样，两个人都拥有强烈的自我中心思想。

他们都是作家，拥有这样的性格不一定不好。也许正因为他们拥有这样的个性，才造就他们文学上的成就。我个人的感觉是，他们完全不管社会背景与时代改变，这一点让我不能理解，为什么作家只顾着写跟自己有关的事？

可能看到这里，很多人会觉得，我对日本的近现代小说的批评太尖锐，对于我批评志贺直哉及川端康成，也许也有读者想要问我，我把自己当成谁了。我想说的是，日本的近现代小说，因为倾向于个人小说，出现了少许变异，形成了与其他世界文学不同的风格。当然，就算结果是这样，日本文学还是有莫大的价值，我只是想点出，个人小说造成文学发展停滞不前的缺点。

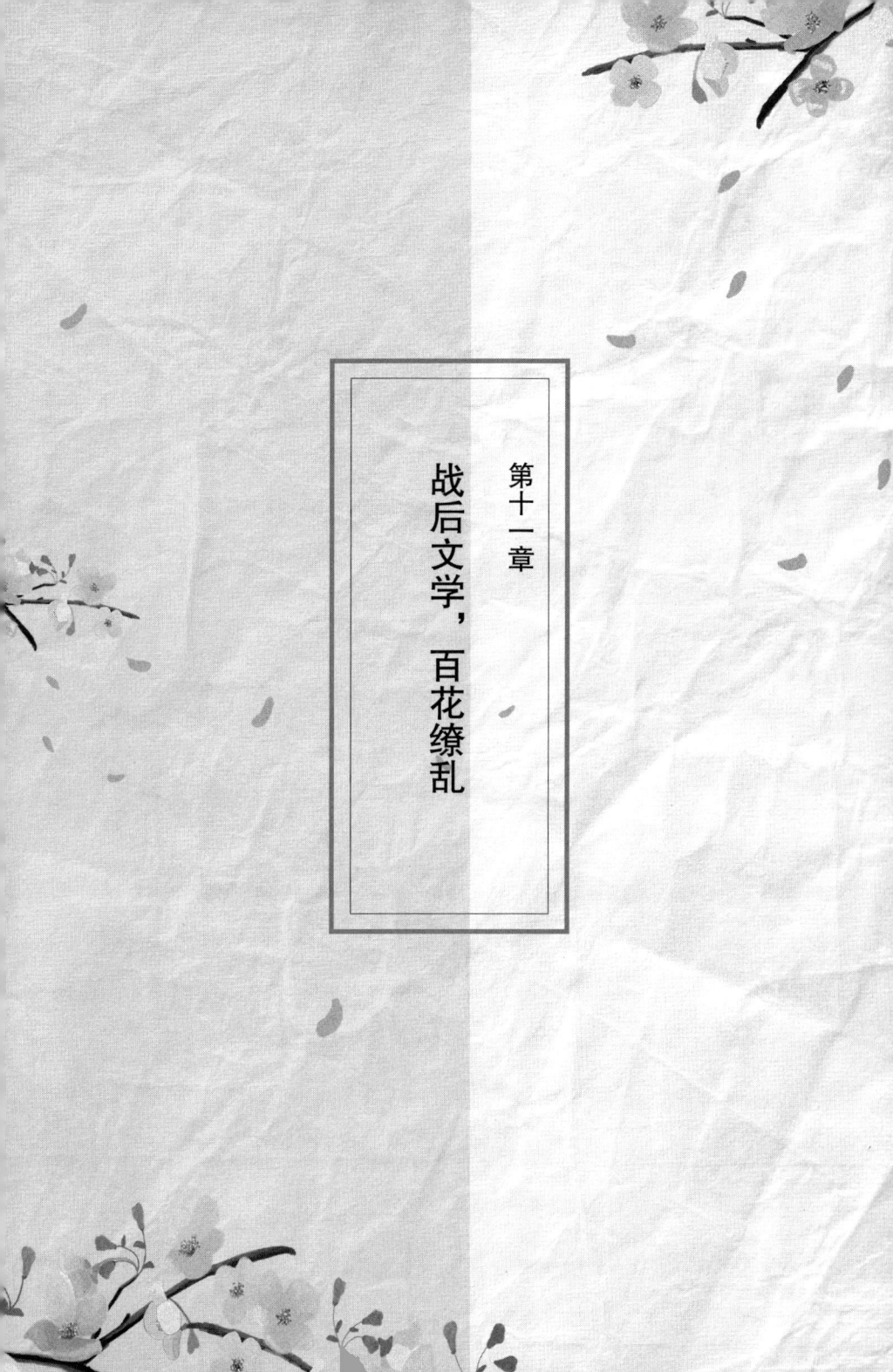

第十一章

战后文学，百花缭乱

战争剥夺了日本人的精神自由。因为身处于困苦的战争时代，人民被要求为国家而战，被要求要打胜仗。从战前开始，反政府运动就不断受到打压，人民也逐渐失去热情。

例如，谷崎润一郎的《细雪》，被禁止刊行，只是他仍然坚持写这个不知道什么时候才能公开的作品，除此之外，他能做的另一件事，就是将《源氏物语》翻译成现代语。要言之，此时的谷崎，作为作家已处于休业状态了。

永井荷风也是一样，只是不断地写日记。

还有其他几位作家，写日记预测日本的未来，他们记录的内容，如果被公开，就会被当成思想犯受到严厉的惩罚，因此只能偷偷地写。

战争就是这样，虽然有几位作家写从军日记，但这些不过都是为了鼓舞士气所写的作文罢了，类似在战争中，画家描绘战争的作品一样。

战败打击了军人，却鼓舞了作家

在战争当中，作家没有自由，文学没有自由。

当战争以战败的结果收场，作家反而获得自由。虽然多少还是会受到美国驻留军的影响，但与战争中相反，战败成为礼赞军国主义的刹车器，与战争时的不自由完全不同，作家终于可以写任何他们想写的内容。因此，此时的文学进一步繁盛。不管什么类型的文学作品都有，呈现出百花缭乱的样貌。

在这个状态下，文学根本无法分类成什么主义文学或什么派系文学，此时的作家们，各自书写他们想要写的文章。因此，要了解这时候的文学，只能针对主要的作家，了解他们各自的作品。

首先受到注目的，是日本小说家大冈升平。大冈受军队征召，被送往菲律宾的民都洛岛参战，成了美军的俘虏。

他在当时发表了《俘虏记》。这本作品是描写他被美军俘虏期间，在野战医院及收容所中的生活，述说成为俘虏的人，在这期间是如何过日子的。他曾拿枪瞄准美军，却没有动手，反而通过这样的经验体味了人性。他通过观察收容所中背弃"效忠国家"的人的生活状况，想象被占领后的日本会是什么样子。《野火》也是战后文学的另一个巅峰，描写一个因病被军队遗弃的士兵的孤独与彷徨。他用冷酷的文笔，表现出被逼迫到极限的人，会出现什么样的想法与行为。当人类因为饥饿感到痛苦时，是否可以吃死人的尸体？让人印象最深刻的，就是主角的左手，下意识地去压住自己想要从尸体上切下人肉的右手那段内容。

除了这样的战争文学，大冈也写带有19世纪法国作家司汤达风格的恋爱小说《武藏野夫人》。这是一本超越个人小说,充满浪漫的文学作品。

接下来,我们来看野间宏。

野间宏于战败后不久,就发表他的处女作《阴暗的图画》。这个短篇是描写昭和十二三年,日本侵略中国前后,以回想在"阴暗的世界"生活的每一天为主题,探讨着未来应该要怎么活下去的作品。

另外他写的《真空地带》,虽然从开始书写的目的,就是企图要看清军队的本质,却因为描写日军内务班里,外面不易看到的暴力人际关系而受到注意。这本小说充分地将被关闭在狭窄空间里的一群人,受到压迫时的不快乐、闭塞感表现出来,显露出为了生存人性被剥夺的现实一面。

后来野间花费了二十几年的时间,完成长达五卷、全文三百多万字的长篇小说《青年之环》。

椎名麟三也是"第一战后派"的作家。他写的《深夜的酒宴》是以第一人称"我"为主角,用日记的方式完成的小说,描写曾经是共产党员的主角须卷,在监狱中发疯的故事。在贫困与无知的环境中,追寻这个世界存在的意义,人生活着有什么价值,人类的思考有什么样的意义等各种人生问题。

一旦体验过战争,人们就容易对生命产生各种追问,并渴望知道答案。如《永远的序章》这部长篇小说,主角出生在非常贫困的家庭,因为战争受伤失去一条腿,在私人铁路公司担任车体检验员。他被医生宣告罹患肺结核及心脏病,生命所剩无几,从医院回家的路上,不经意间意识到自己尚在人世,并由此产生狂喜。在战后混乱的环境中，这本小说虽然是对人生的一种批判，但同时也用积极乐观的态度，肯定人生的价值。

简单来说，战后的文学，大多是描述自己看到的地狱是什么样子，诉说今后该如何生存下去的内容。

什么都想写的前卫派与第三新人

战后最早开始文学活动的，是昭和二十一年一月促成同人（编按：指有着相同志向或爱好的人）杂志《近代文学》创刊的同人们。这些人包括了荒正人、小田切秀雄、佐佐木基一、埴谷雄高、平野谦、本多秋五、山室静等。

其中最值得关注的是埴谷雄高。他的《死灵》，是我大学时期每一个大学生都会读的小说。内容有点类似俄罗斯作家陀斯妥耶夫斯基创作的《卡拉马佐夫兄弟》，主角是三轮与志、三轮高志、首猛夫、矢场彻吾四兄弟，好像在世境之外，没完没了地进行奇怪的议论，有点像是思考实验的小说。我还是大学生时，这本小说只出版到第四章，是一个还没有完结篇的故事，后来作者又陆续写了第五章、第六章、第七章、第八章及第九章，虽然还没有结局（编按：全书原来的构想是十二章，作者于战后花费了约半个世纪执笔书写，只进行到第九章，就因作者过世而没有完成），但每个故事都有结尾。

简单地说，内容就是在阴暗的世界里，纠结于理论争议。书中充满了警告世人的语句，可以说作者就像日本的陀斯妥耶夫斯基。我曾经跟朋友彻夜谈论这本小说。但对某些人来说,这本让人如此沉迷投入的小说,也许可以说是一本噩梦小说。

接着我们来看安部公房。

可以说,安部公房是日本前卫文学的第一人。以《墙——S·卡尔玛氏的犯罪》获得芥川文学奖的安部公房,也是我年轻时期非常着迷的作家。我陆续阅读他的作品《饥饿同盟》《野兽们向往故乡》及《第四间冰期》。《第四间冰期》是单纯的科幻小说,因此让我觉得很开心。安部公房书写小说的语言,跟冰块一样冷酷,像变魔术一样令人惊奇,就像是理科出身的人,荒谬地吹牛一样有趣。

阅读《沙丘之女》《燃烧的地图》《箱男》等作品也让我感到激动。特别是《沙丘之女》,描写一位中学教师,被困在如蚂蚁洞穴一样的洞穴中,因为没有办法从这个洞穴中脱逃,只好跟一位寡妇共同生活。在跟这位寡妇共同生活的过程中,却发现了全新的自己。故事内容很怪异,还翻拍成电影,诡异中又有不同的趣味。

对我来说,安部公房就像是可以将很多奇妙的事,用冷静富有条理的言语说清楚的魔术师。

之后,到了昭和二十年代后半期,许多新作家陆续登场。其中将小岛信夫、三浦朱门、安冈章太郎、吉行淳之介、庄野润三、北杜夫、阿川弘之、远藤周作等人,统称为"第三新人"。因为是在第一次战后派及第二次战后派之后,出现的文学派系,所以称之为第三新人。

小岛信夫以《美国学校》获得芥川文学奖而出名,但他的代表作却是完全不同风格的作品《抱拥家族》。这部小说的内容是，知道妻子与美国青年通奸的主角，不管是对妻子做出惩罚，或是原谅妻子维护现有家庭生活，他都做不到。等到妻子因为癌症死亡，他打算再婚时，长子却离家出走。通过家庭关系崩坏的描写，让小说像寓言故事一样发展。这也许代表，作者在内心深处，对任何事都无法信任。另外《分别的理由》这本小说也是他很有名的作品。

至于庄野润三，他的《泳池畔的小景》是成名作，描写被公司解雇的中年上班族夫妇的心理与行为。使用泳池的风景作为故事架构的主题，让人乍看感觉很平静，但实际上整体故事主题却是讨论脆弱的人性。

安冈章太郎的成名作是《忧虑的娱乐》，代表作却是《海边的光景》。后者描写"我"跟父亲到海边的精神病院去探望母亲，而母亲是一位患有老年性痴呆的病人。"我"住在西晒的病房里照顾母亲九天，直到她过世。在这九天无所事事的时间中，"我"回想了战后全家一起生活的景象。这是一篇正面描述亲子关系的小说。

除此之外，安冈章太郎的代表作还有《流离谭》，描写自己家族从幕府末期到明治维新自由民主运动为止的历史。

而阿川弘之是畅销书《倾听力》作者阿川佐和子的父亲，成名作是《云之墓标》。晚年还写了《山本五十六》《光内光政》《井上成美》等传记文学。

吉行淳之介的成名作是《骤雨》，是一位终生都在书写性与生存价值的作家。他是很擅长与人对谈的名人，也是银座夜店里最受欢迎的人物，有许多杰出的作品，例如《砂岩上的植物群》《生活技巧》《暗室》等，都受到很高的评价。

谈到他，让我想起一段有趣的往事。

我的老师半村良先生曾经要求我："帮我购买吉行淳之介的《皮包里》这本短篇集。"当我反问他为什么想买，他说，"这本小说得到非常好的评价，甚至有人说这是一本值得拿来当短篇小说模板的优秀作品，所以我想要看看，到底写了什么内容。但是如果我自己去买，怕人家误会我也在研究吉行淳之介，我不想造成误解。"

吉行淳之介用冷静的视点，书写男女之间的性关系，是一位凝注人内心深处可怕之物的作家。他同时也是一位从容的人，受到很多人的喜爱，也写了许多短篇小说。

最后一位是远藤周作。成名作为《白色的人》及《黄色的人》。远藤是天主教徒，终生思考在日本这种国家精神至上的人文环境里，基督教是否能真正在日本生根这个问题。特别是他的《海和毒药》《沉默》这两部作品，是正面讨论问题的代表作。《沉默》是一部探讨德川时代遭受迫害而放弃信教的"弃教基督徒"们人性的软弱，及耶稣的恩宠等问题的作品。

但是除了这么严肃的远藤周作以外，大家也不能忘记，他还有被称为"狐狸庵老师"、喜欢开玩笑、拼命玩耍的一面；他会去观赏披头士乐队在日本的公开表演，为作家创作戏剧团体，还是写下有趣的《狐狸庵闲话》的幽默大师。

不过，因为我本来就是个怪人，对于盲目崇拜当代流行作家的行为感到厌恶，因此我虽然阅读芥川龙之介或是谷崎润一郎的作品，却不愿意阅读第三新人作家的作品。话虽如此，我还是能自然而然地感受到这个时代的文学脉络。

华丽绚烂的明星作家们的活动

在昭和三十年，石原慎太郎以《太阳的季节》获得芥川文学奖。这在当时是一件影响力泛出文学界的社会大事件。因为没有参与同人杂志的进修，就直接参与新人奖甄选并且得奖的作家，在当时算是非常少见的。《太阳的季节》描写资产阶级青年的虚无主义及性。以旧有价值观来看，是以不务正业的年轻人，对于社会的挑战为故事主题，有一部分保守派认为，这是对人造成不良影响的文学作品。但评审压倒性地认为，这部短篇小说具有新的价值。因为小说本身，反映出当时的社会现象。从这部小说当中，产生出"太阳族"（编按：指夏天在海边胡闹惹事或享乐的年轻人，他们的装扮大部分是剪慎太郎发型、戴墨镜，穿夏威夷风的花衬衫）这个流行用语，甚至流行慎太郎发型。再加上小说电影化，作者的弟弟石原裕次郎甚至参与演出，成为大明星。以社会现象来说，确实引起不小的轰动，算是划时代的作品。

像这样以明星之姿登场的作家，应该只有石原慎太郎了。

我们后来知道的石原是一位老政治家，对他的印象就是一位鹰派的老爷爷。其实，他在文学界曾经是一位明星这件事，具有相当大的意义。

但是现在思考，《太阳的季节》的文学价值有多大呢？虽然最初产生很大的冲击，但是经过十年二十年以后回头再看，会觉得那不过是当时的社会现象罢了。

再后来，昭和三十三年（1958）拿到芥川文学奖的，是大江健三郎的《饲育》。他在东京大学在学期间，在《东京大学报》上发表小说，获该报五月祭奖，成为话题，是一位因此而受到注目的新人。

但是有点儿意外，我对于大江并没有太多的关注与兴趣。

从我目前为止的记述，应该不难看出我是喜爱谷崎润一郎的，我曾经阅读他在晚年写的随笔，其中有一段批评大江健三郎的文章过于糟糕，因此我就决定不要阅读大江的作品。现在想想，当时有这样的想法实在很蠢。因为我阅读一位老人的作品，看到老人责备年轻人的文章，就站在老人的看法及立场，舍弃对于年轻人的好奇，这样的决定是非常失败的。大江后来陆续发表许多热情的作品，还获得诺贝尔文学奖，我却因为自己的错误决定而错过了。

等渐渐年长，我阅读了大江的代表作之一《万延元年的足球队》，才发现原来他是一位这么有趣的小说家。从此我才开始阅读这位大作家的作品，而且有了一些发现。

大江的小说多具寓言性，充满奇妙的视觉想象，但是他的潜意识里充满故乡原型，让人感觉他很想要回到自己出生的村庄去。

后来，他的作品开始出现以养育残障儿子的个人经验为主题的内容，并在他这位残障儿子成年之时，写下短篇小说《新人啊，醒来吧》，是具有个人特色的作品。

也就是说，表面上看来受到赞赏、格局恢宏的小说，基本上却都是书写关于个人经验的个人小说，这也是大江让人惊艳的特质。他使用世界共通形式的笔调书写，让这种个人小说变成日本独有的小说风格。

接下来是在昭和四十一年（1966），以《竹枕》受到注目的丸谷才一。中短篇《残年》及《横时雨》受到非常好的评价，长篇小说《只有一个人的叛乱》让丸谷成为伟大的小说家。一方面，丸谷是爱尔兰作家乔伊斯的研究者，完成了翻译《尤利西斯》如此浩大的工程；另一方面，作为小说家，他也凭借少见的理性派作家身份，在日本文坛超群绝伦。

他的作品《假声低唱君之代》《妙龄女》《辉煌日宫》充满知性与幽默感，对于他面对纯文学还能充满幽默感的工作态度，我很憧憬。

丸谷写完《妙龄女》之后没有多久，我们曾经一起用餐（我与丸谷有一些往来）。当他说"真累"时，我问他："现在在写什么呢？"他这样回答我："我写了非常厉害的东西。"他说这句话时，显得非常开心。也就是说，他跳脱框架，书写了非常有趣的内容，并且自己感到满足。

身为文化人，丸谷才一也将他的理性大大地发挥在工作上。他还书写了《什么是忠臣藏》这一类讲述日本文化的书。在这一点上，我认为他是一位可以跟司马辽太郎齐名的日本文化领导者。他死前还曾经获得日本文化勋章。

直木奖到底哪里重要？

除了芥川文学奖，接着我们来看看在直木奖中值得关注的获奖作家。一般来说，芥川文学奖以纯文学的新人作家为对象，直木奖则以大众文学为对象，但是就算一开始获得直木奖，有些作家后来在纯文学领域上，也有很大的贡献。

其中一位就是野坂昭如。以《萤火虫之墓》《美国羊栖菜》获得直木奖的野坂，在更早之前以《黄色大师》在文学界受到注目。

自称"火烧废墟派"（编按：指那些幼年期或是少年期在第二次世界大战中度过的人们）的野坂一面扮演好自己花花公子的角色，一面稳固自己的文学土壤。即使是使用不换行列的古文文体，也能非常恰当地表现庶民的力量。

《萤火虫之墓》也千万不要只知道卡通版本，我希望大家都能阅读原作。原作流畅的文笔，细腻的文体，通贯全篇，一气呵成，读完战时上演的悲剧犹如诵经一般。光是他书写这本小说，我就觉得他应该留名于日本文学史上。

井上厦也是从获得直木奖才开始出道的作家，但是他在日本文学史上，足迹深厚。井上厦对我这一辈人来说，在他成为小说家之前，其实是NHK电视台的人偶剧《突然遇上飘篓岛》的脚本家。他以《手锁心中》获得直木赏，但是作为剧作家，他有《头痛肩硬樋口一叶》《和爸爸在一起》等无数作品，小说也有《吉里吉里人》《四千万步之男》《一星期》等名作。

我原本觉得井上厦是一个喜欢玩弄文字的作家，直到有一次听到丸谷才一的演讲我才改观。丸谷当时的演讲提到：

> 日本文学一直是以传统为基础，实验性地往新方向摸索的文学、个人小说，以及无产阶级文学三大支柱并存。

> 现在进行实验性新文学的是村上春树，书写个人小说的是大江健三郎，而书写无产阶级文学的就是井上厦。

丸谷先生真是一针见血。我从此明白井上为什么要写小林多喜二的剧本了。井上厦从社会下层挑战上层，延续着无产阶级文学。不知不觉间，井上厦已经变成肩负日本文学界的重任、不断书写的作家。

直木奖的第三个作家，我们来看看田中小实昌。在我看来，田中小实昌是第一个外国侦探小说翻译家。连高中生都知道，冷硬派小说最优秀的作者便是田中小实昌。

后来，田中小实昌开始写小说，并以《浪曲师朝日丸的故事》及《关于耳朵》两部作品获得直木奖。我因此知道，小实昌其实是一个很不可思议的人，他可以不断自言自语，一直写文章。而他从不发表自己的看法，只讲述真实。拥有这样的信念，也算是一个风格怪异的作家。

他的代表作品可以说是短篇《喃喃自语》。内容是当牧师的父亲，将内心无法用语言表达的呼喊，以"喃喃自语"的方式说教。此书是一本用尖锐的笔触追究语言及故事本质的作品。阅读这本小说所感受到的，是田中小实昌不想将这个作品写成小说的抗拒感。例如，他经历过战争，如果将他的体验写得更加悲惨，就可以书写成小说，但是与事实就会有出入，因此他不愿意写成小说。所以明明是小说，却要小心书写，避免真实故事变成虚构的小说，讲起来感觉非常奇怪。就像书名一样，这就是《喃喃自语》。我认为，田中小实昌对于小说的抗拒感是非常难得的。作为小说如果过于诚实，就会破坏故事的结构，我觉得这就是《喃喃自语》这本小说厉害的地方。

第四位我们来聊聊色川武大，这个人也和我当初知道他时不太一样。他用阿佐田哲也的笔名，写《麻雀放浪记》，奠定了他的地位，是让人觉得阅读起来非常有趣的通俗性恶汉小说（编按：16世纪源自西班牙，17世纪到18世纪在欧洲流行的小说形式。特征为以第一人称自传体书写，内文图文并列，主角多为下层出身者或是社会寄生者，具有批判、讽刺社会的性格）。

等他开始用本名写文学小说时，写了《怪异来客簿》，并以《离婚》获得直木奖。他以父子纠葛为主题，书写了《百》和《狂人日记》，我认为这是值得留名文学史的作品。以一百岁高龄仍然拥有权力的父亲的存在，如何扰乱子嗣的生活为主题的《百》，是非常优秀的作品。顺带一提，患有突发性嗜睡病的色川武大，不管是打麻将或是谈话之中，都可能突然睡着的行为非常有名。

有一次我在文坛酒吧里，被别人以新人的身份介绍给色川先生，当时色川先生对我说："我想给你一个建议，"之后告诉我，"不可以编辑要你写什么，你就写什么噢。"

非常可惜的是，我后来并没有遵从他给我的建议，乱七八糟地写了一堆文章。但是，我永远都不会忘记，他对第一次见面的年轻新人就乐于指点的亲切印象。

日本文学衰退了？没这回事

日本文学还没结束。长久以来，一直有人说文学已经衰退，或者说不再阅读小说等，但是仍然有许多作家，不断用新的手法创作，这是一件值得庆贺的事。这表示我们不可以小看文学。

我们来看看三位新人作家。

昭和五十一年（公元1976年），村上龙在他二十四岁的年纪，以《接近无限透明的蓝》受到关注。虽然我的感慨并不是那么重要，但是当时我的心情很复杂。

对于村上龙的文学表现，我并没有任何的偏见。当时的我觉得，文学界出现了一位强有力且有才气的年轻人。

当年我二十九岁，立志要成为作家，却也已经当了五年的上班族，而且未来好像也看不到任何的希望。在我有这样想法的时候，看到这位以二十四岁的年纪、一出道就成为畅销书作家的年轻人，心情变得很复杂。我想着，有才能的人应该出来贡献，但我可能不行。

严格来说，村上龙已经是与战争完全无关的作家。硬要说的话，他是在担心下个战争不知道什么时候开始的心情中，关心着日本的新一代作家。他以强大的笔力，接二连三地写出包括《寄物柜里的婴孩》《爱与幻想的法西斯》《来自半岛》在内的名作。

至于同姓的村上春树，他与村上龙就像是两个不同世界的人。村上春树的第一部作品是《且听风吟》，使用翻译小说般的文体，编织年轻人文化中流行的轻盈、如梦般的小说。例如他的

《挪威的森林》，在日本极为畅销，还因此成为昭和末期的大事件。当我看到绿色及红色书封的《挪威的森林》被分成上下册贩卖时，还曾经愚蠢地幻想，我应该写一本《挪威的森林中》，并用白色的书封印刷，应该会有十几万人以为这是《挪威的森林》的中卷而购买吧。他近期的几本作品《世界尽头与冷酷仙境》《奇鸟行状录》《海边的卡夫卡》《1Q84》《没有色彩的多崎作和他的巡礼之年》等作品，让村上春树的影响更广，无可限量。全世界都在读村上春树，他的影响力还会更大吧。

以《1Q84》《没有色彩的多崎作和他的巡礼之年》的畅销状况，要说是文学现象，还不如说是重大的社会现象，因为在过去并没有像这样书本大卖的作家。我想也许是因为这个时代，需要像他这样的小说家吧。

最后我们讲讲比村上龙小九岁，比村上春树小十二岁，以《献给温柔左翼的嬉游曲》出道的岛田雅彦。他获得芥川文学奖六次提名，但六次都没有得奖。在文坛中被誉为最帅气作家的岛田雅彦，是现在日本文学值得倚赖的支柱。不管是《彼岸先生》或是"无限卡农三部曲"（即《彗星住民》《美丽的灵魂》《择捉岛之恋》），都会引起许多人的疑问并让人想从中找到答案，一点都没有偏离他设定的文学主题。

我的日本文学巡游，就在此告一段落。我认为日本文学比我们想象中更加活泼，并没有失去活力。没有什么事比这更值得庆贺了。仔细思考，现今的日本文化，比过去都更有生命力（很意外，很少日本人知道这样的事实），因此在文学领域，当然还是很有生气与活力的。

在这里有一件事我要说明，在我讲述明治以后的日本文学中，除了樋口一叶以外，我并没有提到其他的女性作家，这是非常奇怪的事。女性作家在文学上，也具有很大的价值，我有时还觉得，在纯文学领域上，女性比男性更加适合。尤其明治以后，应该要比我讲的多两倍以上，作更详细的说明，当中应该有一半以上都是女性作家才对。但我并没有这样做，因为我比较少阅读女性作家的小说，就算偶尔阅读，也不是很深入地理解，因此我没办法详细说明女性作家的作品。对我来说，研究女性作家的作品，是一件沉重的负担，请容许我用这样的借口逃脱。

虽然有这样的缺点，但我已尽力将日本文学史作了最精简的汇整。本书页数不多，可能因为过于精简漏掉很多内容，但我认为，应该已经概述了日本文学的发展背景。我预感，今后日本文学也一定会持续发展。概览日本文学，其实是不可轻视的，也是让人高兴的事。

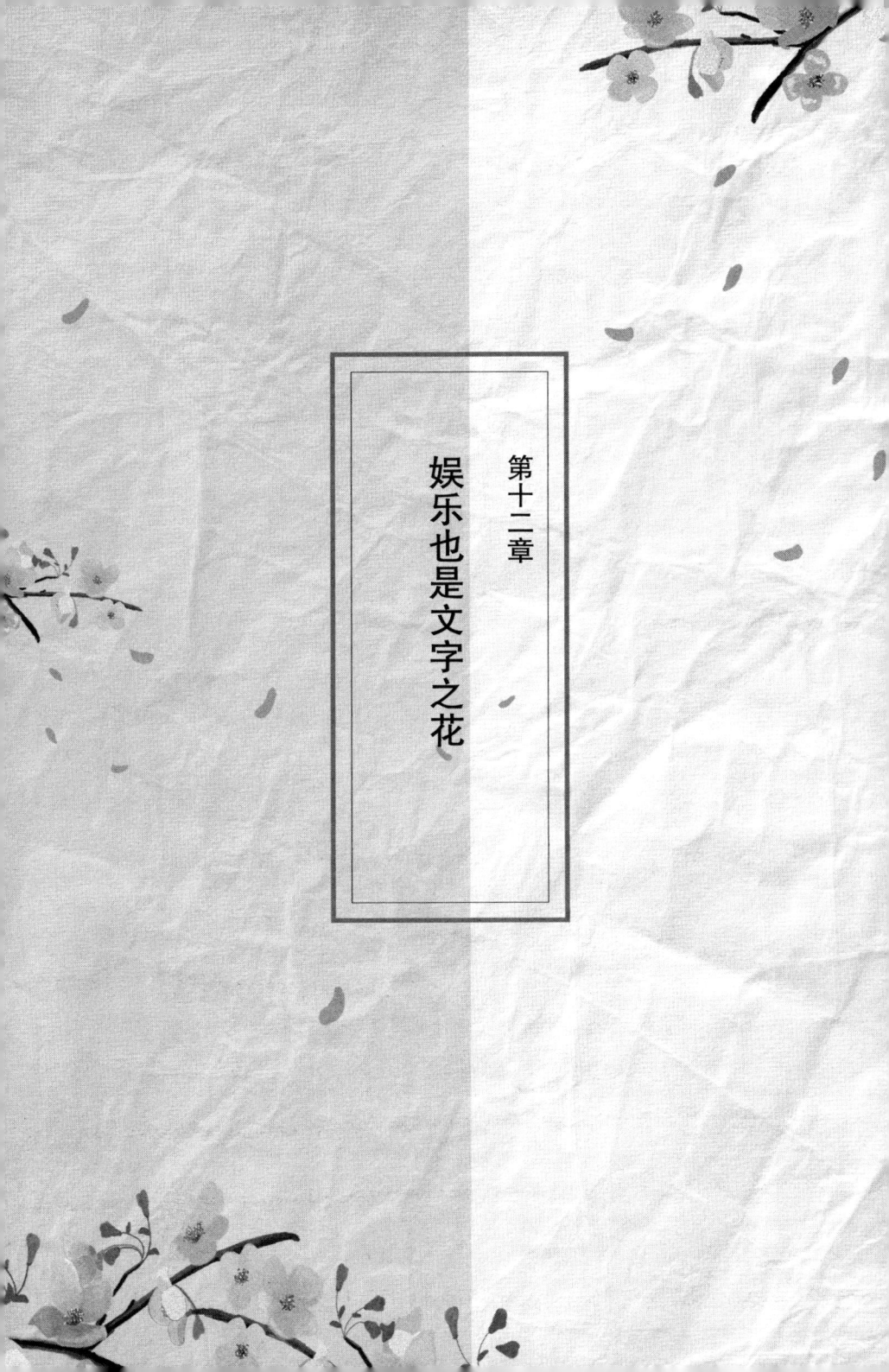

第十二章 娱乐也是文字之花

第十二章 \ 娱乐也是文字之花

从《古事记》开始,到战后文学以及后来的明星作家,我觉得日本文学重要的部分,差不多都已经聊过了。当然,因为页数限制,还有很多作家无法在此一一讲解,但是在日本文学上最重要的人物,是不是都已经提过了?

针对这一点,我个人的想法是,并不是只有纯文学谱系上的作家,才有讲解的价值。一般被认为比纯文学的格调差一些的、我们称为大众文学的作品,在增加文学多样性上,也做出过许多贡献。冷静思考,从江户时代文学成为大众所属的东西以后,不管是井原西鹤、近松左卫门、曲亭马琴,或是十返舍一九的作品,一般民众都非常喜欢。因为《南总里见八犬传》等是劝善惩恶的时代剧,就能获得较高的评价。《东海道中膝栗毛》是玩弄词语、闲聊瞎扯的作品,却因为是古典文学,都有详细研究的价值。而明治以后的时代小说或是幽默小说,因为是大众文学就不值得评论等。这种区别是很可笑的。

接下来,我将聊聊时代小说、推理小说及科幻小说等大众文学,我认为,这些作品也为日本文学增添了许多色彩。用现在的话来讲,这些虽然都是娱乐文学,但也是日本文学的重要资产。

什么是时代小说？

首先我们来看看时代小说。

对于什么是时代小说这个问题，实在难以回复。如果要将时代小说定义成以过去的时代当舞台所构成的故事，这样范围就太大了。以《南总里见八犬传》来说，虽然是在江户时代所书写的小说，但是故事背景却是室町时代。那这样的话，对江户时代的人来说，这个作品是不是算时代小说呢？

不仅如此，因为《源氏物语》在一开头就写了"不知道在哪一位天皇的时代，在宫里多位嫔妃、更衣之中"。宫里更衣等嫔妃阶级的制度，是在比紫式部的年代更早五十到一百年的时代就存在的。因此，当年的人，确实是将《源氏物语》当成时代小说（藤原氏得势前的时代故事）来阅读的。

但如果《源氏物语》是时代小说，就与我们的认知不同。我们一般认为，时代小说应该是描写武士打来打去的小说。若要这么严密地区分，时代小说就会变得复杂难以定义，因此，我以现代人的思考方式，将时代小说做了以下的定义：

时代小说是在武士阶级已经不存在的明治时代以后，人们将武士阶级还存在的年代当作舞台写下的小说。主要是以江户时代或是战国时代为背景，有时还会追溯到源平的时代。虽然大部分的时代小说都以武士为主角，有时候还是会以一般的町人或是大众生活为题材。

这只是概略的定义，再追加以下说明，就更加清楚明了了：

大概分类的话，历史小说也会被包含在时代小说中，但是因为性质还是有些许不同，因此，历史小说还是有独立分类的必要。历史小说是指以历史上实际存在过的人物为主角，描写他的丰功伟业及命运，以述说历史为主的作品。自古以来除了森鸥外的历史书及史传故事外，目前明确具有独立体裁与风格的历史小说是司马辽太郎的作品。

如果像这样将历史小说当成另一个体系，那么时代小说就很明确了，必须是以虚构的人物为主角，以娱乐为目的的小说。

当然，这个定义不能清楚明确地将所有文学作品分类。例如，以虚构人物当主角的娱乐小说里，如果出现历史上实际存在过的人物，或是为了增强故事深度而描写到实际发生过的历史事件，我们就不能说，时代小说是完全与历史无关的虚构故事。相反，也有某些作家会书写实际存在过的伟人故事，但故事中的场景却是虚构的，在这个状况下，就很难清楚区分时代小说与历史小说了。

像这样，虽然有时候无法清楚明确地区分出作品的体系类别，但是我们可以说的是，近来文学上可以分成时代小说与历史小说两大类别。

我们来思考，时代小说是如何产生的呢？是谁在什么时候写下来的？从哪一本小说开始时代小说的存在呢？

从定义上来说，时代小说不可能发生在明治时代以前。所以，就从明治时代以后开始讨论吧。我个人的想法是，时代小说的起源应该是中里介山的《大菩萨岭》。

你不能错过的日本超人气作家

中里介山最早从1913年开始在《都新闻》连载《大菩萨岭》,之后一直写并刊载于《东京日日新闻》《大阪每日新闻》《邻人之友》《国民新闻》及《读卖新闻》,到1941年为止,总共完成四十一卷,而且故事并未结束。主角是名为机龙之助的武士,他的形象被塑造得非常独特。

在小说的开头,龙之助无理斩杀了旅途中的老翁。举行祭拜神佛的比赛,对手宇津木文之丞之妻请求他输给自己的丈夫,竟遭龙之助侵犯。龙之助又于比赛中痛下杀手打死了文之丞。龙之助是虚构武士的始祖,唬人的情节通过反派主角妖冶炫目的剑术透纸传来。

最初的三卷,故事内容还算完整,例如,描写文之丞的弟弟兵马认为龙之助是哥哥的敌人,或是描写龙之助到京城加入新征组(编按:江户时代后期,幕府所编制的警备组织)等情节。但是到了后来,故事里出现的人物愈来愈多,出现龙之助的场景就减少了,最后根本不知道故事重点是什么。整个故事到后来为什么宣扬佛教思想,也让人难以理解。

不过,也有人说,故事情节这么复杂的话,不只是一般的武打小说。重要的是,龙之助这个人物形象的出现,为后来的时代小说带来莫大影响这一点,让这本小说具有绝对意义上的价值。

就这样,时代小说诞生了。后来也有许多小说家继续守护了这样的大众文学,但是因为没有太多的空间可以让我一一叙述,因此我只列举几个重要的作家,作简单的说明。

● 白井乔二(1889—1980)

与介山刚好相反,白井乔二相信人性本善,是一位书写人间乐观开朗故事的作家,代表作是《站在富士的影子》。在时代小说中,白井乔二开创的明朗派领域,是肯定人性的肇始。

● 国枝史郎(1887—1943)

书写异想天开的浪漫时代故事,专写传奇人物的作家。代表作为《茑葛木曾栈》及《神州纐缬城》。因为半村良先生跟我说,他的著作非常有趣,因此我跟半村良先生借了《神州纐缬城》来阅读,但我后来没有归还这本书。从这件事我们可以了解,半村先生的著作《妖星传》等书,应该多少也有受到国枝史郎的影响。

● 大佛次郎(1897—1973)

以《归乡》等作品成为知名的纯文学作家,同时也是创造鞍马天狗(编按:像谜一样的人物,是一位隐藏在平常人中的正义使者)这个英雄人物的时代小说家。代表作《赤穗浪士》中,卧底角色堀田隼人,就是他以青年剑士形象所虚构的人物。

● 林不忘(1900—1935)

以牧逸马的笔名书写现代小说,换用谷让次的笔名描写美国西部小说,另外也使用林不忘的笔名写时代小说,是一个什么都能写的怪人作家。使用林不忘所书写的《新版大冈政谈》中,他创造出来的丹下左膳,具有特别的文学价值。

● 吉川英治(1892—1962)

他被称为"给百万人看的文学"的国民作家。他的成就可以分成三个时期。第一个时期是书写《神州天马侠》及《鸣门秘帖》等有趣的传奇小说时代。第二个时期是书写《宫本武藏》，探索人生道路的小说时代。第三个时期是书写《新·平家物语》等历史浪潮小说的时代，是公认的大作家。

● 子母泽宽（1892—1968）

以处女作《新选组始末记》成名，成为大众文艺的领导者。代表作是描写胜小吉及海舟亲子的《父子鹰》及《男鹰》等书。擅长将江户人的气质，用完美的文字书写出来。

● 佐佐木味津三（1896—1934）

以《右门捕物帖》及《旗本无聊男子》两本代表作，成为大众文艺的超人气作家。

● 直木三十五（1891—1934）

文艺春秋出版社的创办人菊池宽为了纪念他，设立了直木奖。直木最大的成就是，让知识分子阶层也开始阅读时代小说，让时代小说可以与历史小说齐名。代表作是描写幕府末期萨摩藩家族风潮的《南国太平记》。

● 长谷川伸（1884—1963）

从写大众小说到类似历史小说的文学，是一个写作范围非常广的作家，以时代剧（编按：长谷川伸开发的，描写在各地游荡的主角，所经历的义理人情世界的小说、戏剧或电影）风格的作品《沓挂时次郎》《脸之母》《一本刀土俵入》，成为人们经久不忘的作家。

● 海音寺潮五郎（1901—1977）

从大众时代小说到历史小说，是一位写作题材丰富的大作家。代表作为《天与地》及《西乡隆盛》。

● 山本周五郎（1903—1967）

虽然书写时代小说，但是主角并不是英雄或是剑道高手，专门书写下级武士的悲哀，或是江户庶民的实际情况，是一位文学底蕴深厚的作家。代表作有《留下的枞树》《红胡子诊疗谭》《青舢板物语》，作品充满丰富的情感，值得细细品味。

● 柴田炼三郎（1917—1978）

创造龙之助同系列的虚构英雄人物眠狂四郎的作家，引发战后日本剑豪小说的热潮。其他的代表作有《红影法师》及《运命》。

● 五味康祐（1921—1980）

以《丧神》获得芥川文学奖于文坛出道，是极受欢迎的剑豪小说家。他也是书写《背号六的一刀斋》以剑豪为主角但故事却在讨论棒球的怪人。代表作为《柳生武艺帐》，这个长篇小说最遗憾的是，故事内容过于分裂，以至于结尾不够完整。

● 司马辽太郎（1929—1996）

他是确立历史小说地位的国民作家，司马辽太郎刚刚开始以作家身份出道时，书写了《枭之城》及《风神之门》等描写忍者的时代小说。后来从书写《龙马来了》及《盗国物语》开始，也写独具风格的历史小说。后来渐渐成为一位思考日本存在感的文化人士，司马史观成为知识分子的指针。我认为他的代表作品为《坂上之云》与《空海的风景》等小说。

在这之后当然还有很多影响现代文学的作家，但是在此也只得先告一个段落。

江户川乱步双面个性，松本清张揭露社会偏差

接着我们来看推理小说。推理小说这个名词是在昭和二十一年（1946）初开始使用，战前称为侦探小说。为什么战后要变更名称，是因为在昭和二十一年所公告的"当用汉字表"中，并没有"侦"这个字，因此"侦探"一词无法书写（编按：现在日本的常用汉字是没有什么约束力的"汉字使用参考"，但在当时，当用汉字相当于"汉字使用范围"，因此，要使用没有在"当用汉字"里公告的汉字，就会有所顾忌）。

不过，不管是称为推理小说或是侦探小说，其实都一样。这个体裁的创始人是19世纪前半期的美国作家爱伦坡，最早的推理小说是《穆尔格街凶杀案》。

对于推理小说的定义，以江户川乱步的讲法最为适当。他说："推理小说主要就是用理论性的手法，将跟犯罪有关的难解秘密，慢慢解开并体味其趣味性的文学。"

在明治时代，专门翻译侦探小说的是黑岩泪香。创办《万朝报》的泪香，将大仲马写的《基度山恩仇记》翻译成《岩窟王》，获得盛赞，他还将白华哥比及加伯利奥的推理小说翻译成日文。因为受到欢迎，《万朝报》的发行数量也大大提升。

之后在文坛上，谷崎润一郎、佐藤春夫、芥川龙之介等人，也都各自发表怪诞的侦探小说。但严格来说，这些都不是推理小说，这些小说是以异常的幻想追根究底的小说，并不是用逻辑推理能解开谜底的。

如果要说谁是第一个在日本推动推理小说风潮的作家，那一定是江户川乱步。

江户川乱步在1923年以《二钱铜币》出道，这是巧妙使用暗号，类似玩智力游戏一样的小说。它让人觉得推理小说的发展空间可能性很大。接着《心理测试》以精神分析手法进行推理，制定出推理小说新的方向性。加上他在《D坂杀人事件》中塑造出侦探明智小五郎这个角色，因此更加受欢迎。

在《屋顶里的散步者》及《人间椅子》里，可以看到他卓越的想法与情节构思，而《帕诺拉马岛绮谭》更是充满各种奇怪与恐怖的幻想。

江户川乱步的小说除了具备逻辑基础，也充满怪异的氛围，让读者感到悬疑与紧张的气氛。说穿了，他就是具有双面人性格的作家。

一开始，江户川乱步就设定以逻辑进行推理，用知识解开谜底的本格推理小说为目标。他认为推理小说必须是这样的作品，也抱持这样的信念。但是这样的推理小说并不是那么容易完成的，仅仅是本格推理难以为继。这时候，江户川乱步的另一面抬头。这让他对奇妙怪异的事物感到兴奋，因此，他开始写恐怖神秘的怪异小说。例如，大沙发里藏了一个男人，或是一个住在屋顶偷窥他人生活作息的男人引发的杀人事件，又或者是赛跑终点线的缎带，其实是尖锐的刀子，跑到终点线的人就会被刀子切成两半等，各种反常古怪的构想。不仅如此，江户川乱步还写了《蜘蛛人》及《黄金假面人》这种紧张刺激、充满悬疑的通俗长篇小说。最有趣的是这些小说里的怪盗，都是大笑着消失。

江户川乱步很擅长写这类通俗小说。他的口气总是耐人寻味，让人抱着紧张的心情，忍不住想一口气读完。认为真正的本格推理小说才有价值的江户川乱步，也开始写想要受到大众喜爱的通俗故事，并在这个领域中，获得了更好的评价。

不过，他也曾因为厌恶自己写的通俗小说而感到沮丧，甚至发出封笔宣言，并外出流浪，让所有人找不到他。但是也因为他的双面人性格，日本推理小说才能发展出本格派推理小说与变格派推理小说两种。可以说，江户川乱步为推理小说拓展了全新的两条道路。

江户川乱步的最好作品，我个人认为是他融合自己异常兴趣所写的《阴兽》。

接下来，我们再来看看乱步以后，日本推理小说界的追随者。首先，本格派有甲贺三郎（《无形怪盗》）、角田喜久雄（《高木家的惨剧》）、浜尾四郎（《杀人鬼》）等。可以分类到犯罪作品中的则有大下宇陀儿的《蛭川博士》、梦野久作的《脑髓地狱》、小栗虫太郎的《黑死馆杀人事件》、久生十兰的《魔都》等，地位崇高的作家横沟正史应该也算在这一分野中。横沟在战前有《仓库中》《真珠郎》《人形佐七捕物帐》等作品，战后塑造出名侦探金田一耕助，有名的作品为《蝴蝶杀人事件》《狱门岛》《八墓村》等。

昭和时期出现的作家有木木高太郎的《折芦》。接着战后则有高木彬光的《刺青杀人事件》、鲇川哲也的《黑色皮箱》、土屋隆夫的《影子的告发》、山田风太郎的《谁都能杀人》、大坪砂男的《天狗》、日影丈吉的《内部的真实》等陆续登场。这里我们来谈一谈松本清张。

松本清张原本在报社上班，负责广告设计，过了四十岁以后，开始投稿到《周刊朝日》的悬赏小说，因为作品《西乡纸币》入选而成为作家。他的《某"小仓日记"传》获得芥川文学奖，却从书写《监视》与《脸》以后，转变成书写推理小说。

松本清张的伟大事迹是他开创"社会派推理小说"领域，与着眼于使用理论推理及解开谜底的本格派不同，他揭示出犯罪背后所代表的社会偏差及人的欲望。例如：用不是超人的一般人侦探为主角，花时间解明的不再只是找出犯人，还得了解犯人的犯罪动机、探讨社会问题引起的犯罪现象。

因为松本清张的出现，推理小说广泛地成为成年人也阅读的文学作品。他的代表作有《点和线》《零的焦点》《野兽之道》等书。

原来明治初期，就有科幻小说了

最后我们一起探讨科幻小说。

SF是英语Science Fiction的略语，一般翻译为科学幻想小说。创造出这个词语的，是美国科幻小说杂志*Amazing Stories*创始人根斯巴克。原意其实是指，描写科学所能创造的未来的小说。

人类用想象力创造出来的幻想文学，其实是类似古代人的神话，或是民间传奇故事。比如日本的《竹取物语》，就是述说从竹子出生的公主回归月亮的故事，等于是外星人落难到地球的故事。另外在《今昔物语》中，对于异世界的幻想故事也很有味道。就算无法追溯到那么久远的时代，江户后期的平贺源内所书写的《风流志道轩传》，就是有点类似《格列佛游记》的异世界探访记，感觉起来，这些好像是原始的科幻小说文学。

狭义理解为，科幻小说必须具备科学理论才行。在这个定义下的科幻小说，在日本是怎么开始的呢？

在明治初期，日本曾经流行过科幻小说。当时，英国的威尔斯及法国的凡尔纳等人的作品被翻译成日文传到日本。受到这样的影响，日本也有几位作家开始写关于未来的小说。

但是等到自然主义文学兴起，未来小说的流行就消退了。只有押川春浪比较不同。他发表了以日本军国主义为背景，堪称未来冒险小说的《海岛冒险奇异故事——海底军舰》。这个故事中描写的未来军舰，可以在海底航行，舰首还有巨大的钻头。作为科幻小说的先驱，押川春浪不该被遗忘。

昭和时期出现的作家海野十三，最开始是写科学推理小说的，后来也是热衷于写科幻小说，他的代表作有《晚上六点的音乐浴》《地球盗难》及《火星兵团》等书。

其实，日本真正的科幻小说，是从战后开始的。战后，海外的科幻小说传入日本，日本大众总算注意到了这个新兴文学。受到这些因素影响，埴谷雄高、三岛由纪夫、安部公房、大江健三郎等纯文学作家，也开始有意识地创作科幻小说。

接着在1956年，由普通人组成的团体"日本空中飞行圆盘研究会"（编按：是日本最早的UFO研究团体）成立，其中的成员有星新一及柴野拓美。

柴野拓美在第二年创立了日本最早的科幻小说同人杂志《宇宙尘》，在第二号杂志中刊载了星新一的作品，使他从商业杂志中出道。后来，星新一成为日本第一位真正的科幻小说作家。之后，《宇宙尘》变为想要成为科幻小说作家之人的敲门砖。几乎所有的日本科幻小说作家都是通过这本同人杂志，才成为职业作家的。我认为，柴野拓美几乎是日本科幻小说作家之母。

接着，在1959年，日本出现最早的正式科幻小说专门杂志，这本杂志就是由福岛正实担任第一代主编的科幻小说杂志《S-F杂志》。因为这本杂志，日本文学中的科幻小说体裁才正式确立。以星新一为首，小松左京、光濑龙、筒井康隆、半村良、眉村卓、平井和正、丰田有恒、矢野彻等作家，都在这个领域中大放异彩。

福岛正实深信科幻小说是新文学，是一位从心里想要培育这个新文学的人。但他不能认同文学性不高的通俗科幻小说作品，只认同与他相同方向思考的小说。因此在早期的科幻小说作家当中，有许多人都觉得福岛是一位冷淡难以亲近的人（我的老师半村先生曾经说过，福岛先生是一位伟大的人，但是对人的包容度太低了），因此对于福岛先生的评价，可以说是毁誉参半。

但是多亏福岛先生不愿意与通俗妥协，仰赖他一个人的努力，日本的科幻小说文学有了好的开始，才能有后来多彩的结果。在这样的意义上，我觉得福岛先生是日本科幻小说文学之父。

我认为，就是在温柔的母亲柴野拓美、严格的父亲福岛正实的努力下，日本科幻小说文学才被孕育出来。后来才会诞生星新一的《喂——出来！》，小松左京的《地球和平》《日本沉没》，光濑龙的《百亿的白天与千亿的夜》，筒井康隆的《越南观光公社》《富豪刑警》《虚航船团》《家族八景》，半村良的《异雨》《产灵山秘录》等，一个接一个多才作家数不清的作品。

　　我觉得最近三十年，科幻小说已经不是科幻小说作家专属的文学作品，许多纯文学作家，也开始以科幻小说的手法书写小说。大江健三郎、村上春树、村上龙、高桥源一郎及笙野赖子等，虽然书写手法各有特色，随着时代潮流的改变，也出现许多变形的作品，但正因科幻小说的手法可以自由自在使用，文学才更加活泼有活力。

　　用娱乐的心情阅读，这本绕着日本文学闲聊的书也要在此结束了。在前言中我也说过，要用这样的篇幅，全面地归纳完日本文学是不可能的事。但是我经常想着，以世界的视点来看，日本文学到底是怎么样的存在呢？

　　在这本书中，经常提到戏谑及模仿的作品。例如《好色一代男》就是对于《源氏物语》的嘲讽，《太平记》当中的题材变成江户时代的歌舞伎内容等。我在这里讲的戏谑模仿，是指将原义"对于已经存在的文学作品的文体、语句或是主题做夸张的模仿，借由这样的方式，达到调侃、嘲讽及恶搞的幽默表现"。实际上，因为我们经常对于这些既存作品心存敬爱，才会产生想要模仿的想法，或是在不知不觉间受到影响。换个说法，我认为文学是从继承既有的作品中而产生的。而其中的关联，就是借由文学史的戏谑模仿产生的技巧。

　　让人意外的是，日本文学与外国文学有相关之处；当然，也有完全独立发展的部分。我就是用这种观点解读日本文学的。

　　我希望，看完这本书，大家多少能了解日本文学的优异特质与起源了。

附录

日本文学年代简表

年代（公元）	作者	作品	特色
不详	不详	《竹取物语》	日本最早的物语作品。
712	太安万侣	《古事记》	日本最早的历史书，也是日本文学的始祖。通篇以中国汉字写成。
710–784	大伴家持编纂，后人补充而成	《万叶集》	日本现存最早的诗歌总集。类似中国的《诗经》，书中收录自4世纪至8世纪中叶，共四千五百首长短和歌。其成书年代和编者，历来众说纷纭，尚待考证。
914	以纪贯之为首，囊括鸭长明等宫廷诗人编成	《古今和歌集》	共收录和歌一千余首，多为短歌。与《万叶集》的风格不同，内容较多恋歌，和谐优美。
935	纪贯之	《土佐日记》	以女性的口吻记述，是日本假名文学的先驱作品。

年代（公元）	作者	作品	特色
约 996-1001	清少纳言	《枕草子》	日本文学界推其为随笔文学之典范，与《源氏物语》并称为平安文学的双璧。
约 1001-1008	紫式部	《源氏物语》	世界上最早的长篇写实小说，代表日本古典文学的高峰。
平安时代（794-1192）末期	源隆国	《今昔物语》	平安时代末期的民间故事集，旧称《宇治大纳言物语》，共三十一卷，故事一千余则，作者待确认。
1212	鸭长明	《方丈记》	和吉田兼好的《徒然草》、清少纳言的《枕草子》合称日本三大随笔。
约 13 世纪	作者不详	《平家物语》	军记物语，记叙 1156-1185 年这时期源氏与平氏的政权争夺。西方人将之比喻为日本的《伊利亚特》。
1371-1372	由玄慧法印起笔，经小岛法师与多人合作完成	《太平记》	总共有四十卷，但是其中第二十二卷已遗失。作者、成书时期仍有待确认。为了区别许多以《太平记》为名的小说、电视剧，又被称作《古典太平记》。

年代（公元）	作者	作品	特色
1330–1332	吉田兼好	《徒然草》	主题环绕无常、死亡、自然美等，多为训斥世人的言论。
1682	井原西鹤	《好色一代男》	日本江户时代前期的代表性文学作品，具有划时代的地位，后世遂将承继其体裁的作品称为"浮世草子"。
1683	近松门左卫门	《世子曾我》	以日本镰仓幕府时期，曾我兄弟替父报仇的故事为题材，上演后大受好评，奠定其净琉璃作者地位。
1685	近松门左卫门	《出世景清》	被称为近世净琉璃的开端。
1688	井原西鹤	《日本永代藏》	内容以金钱为主题，描写江户时期不同商人的故事。
1692	井原西鹤	《世间胸算用》	着重描绘社会现实与贫富对比，生动地呈现出町人文化中的现实与功利。
1702	松尾芭蕉	《奥州小道》	日本游记文学的最高杰作，同时也是一本引导读者阅读俳句的艺术论书。

年代（公元）	作者	作品	特色
1703	近松门左卫门	《曾根崎殉情》	原为人偶净琉璃和歌舞伎中有名的作品。后来被漫画家河下水希改编成漫画《曾根崎心中！》。
1715	近松门左卫门	《国性爷合战》	内容为郑成功反清复明的故事，此作在当时颇受好评，连续上演了十七个月。
1720	近松门左卫门	《殉情天之网岛》	作者根据社会事件改编的故事。
1763	平贺源内	《风流志道轩传》	内容类似《格列佛游记》的异世界探访记，可说是近代科幻小说的前身。因本著作，作者被称为通俗小说之祖。
1802	十返舍一九	《东海道中膝栗毛》	出版后大受好评，直至今日。主人公弥次郎兵卫和喜多八，合称"弥次喜多"，成为许多衍生作品的主角。
1807-1811	曲亭马琴	《椿说弓张月》	以源为朝的生涯为题材，结局大胆出乎意料。曾两次被编成电影。三岛由纪夫于1969年将此作品编成歌舞伎，搬上舞台。

年代（公元）	作者	作品	特色
1809-1813	式亭三马	《浮世澡堂》	一部根据江户市内澡堂的男女对话，描写出世态及庶民生活实态的作品。
1813-1814	式亭三马	《浮世理发馆》	市中心的理发店，是当时的社交场所之一，式亭三马将聚集到这里的各种人的对话出版成书。
1814-1842	曲亭马琴	《南总里见八犬传》	江户时代通俗小说的代表作。由于广受欢迎，后世有不少以这套读本为基础改编、衍生的文字作品，或改编为电影、电视连续剧乃至动漫作品。
1832-1833	为永春水	《春色梅儿誉美》	使用当时的口语体书写。出版后受到大众喜爱，为永春水自此被称为日本言情小说的始祖。
1885-1886	坪内逍遥	《小说神髓》	主张"小说的核心价值在表达人情和世态风俗"，此书揭开日本近代文学史序幕，引用了西方近代小说发展之理论与精神。
1892	幸田露伴	《五重塔》	描写一位木匠工人，因为自己一生想要有一次经验，而冒失地想要承接五重塔的建筑工事。

年代（公元）	作者	作品	特色
1896-1959	永井荷风	《断肠亭日乘》	日记开始记于1896年，断了一段时期之后，自1917年起，一直持续记录到去世前一天，内容多与妓女有关。
1897	岛崎藤村	《若菜集》	岛崎藤村因《若菜集》而奠定了日本新诗体基础，又因成为明治浪漫主义的先驱之一而享誉。
1898	国木田独步	《武藏野》	描写明治时期武藏野的风光。
1901	押川春浪	《海底军舰》	内容为穆海底帝国大举出兵进攻地上人，日本为了维护世界和平，研发了海底军舰，和海底人决一死战。由日本东宝电影公司翻拍成电影。
1902	泉镜花	《高野圣》	在梦幻与真实之间，深受读者喜爱，在当时的评价甚至超越他的老师尾崎红叶。
1905-1906	夏目漱石	《我是猫》	本来预计是一期完结的短篇，却因为编辑劝说，最后变成十一回的长篇，也是日本文学史上的重要著作。

年代（公元）	作者	作品	特色
1906	夏目漱石	《少爷》	被认为是日本当代最受欢迎的小说之一，成为许多日本青少年的文学读物。小说以道貌岸然者的道德品行为主题，是夏目漱石早期诙谐风格的代表作。
1906	岛崎藤村	《破戒》	内容是一个小学老师因为来自乡下而被欺负的痛苦告白，开启了日本自然主义文学的先河。
1907	泉镜花	《妇系图》	因认识神乐坂的艺伎并与之同居，被老师斥责，成为他完成这部作品的灵感。2012年被改编成电影《汤岛之白梅》。
1907	田山花袋	《蒲团》	其中最有名的是，结局主角独自闻着女孩留在阔叶香蒲团中的香气，本书与《破戒》决定了日本近代文学的发展方向。
1908	夏目漱石	《三四郎》	反映出日俄战争后、日本资本主义大发展时期，资产阶级知识分子相对稳定的生活，以及他们在步入冷酷的社会现实之前那种犹豫不决的精神状态。

年代（公元）	作者	作品	特色
1909	森鸥外	《性生活史》	森鸥外在发表这本作品的同年，获颁文学博士，但这本书却因为内容太西化，引起保守派反弹而遭禁。
1910	泉镜花	《歌行灯》	讲述能乐艺人的故事。在书中作者将艺伎这种被侮辱的女人加以理想化和美化，塑造出独特的妇女形象。
1910	森鸥外	《青年》	描写一位青年内心的烦恼，在书中阐扬利他主义。因内容与夏目漱石的《三四郎》接近，常被拿来比较。
1910	谷崎润一郎	《刺青》	该短篇小说发表后，受永井荷风盛赞，确立了作者的文坛地位。
1911	森鸥外	《雁》	作者这一时期艺术成就较高的作品，描写明治年间一个贫苦的少女沦为高利贷主情妇的故事；虽她努力摆脱这样的命运，追求自己的幸福，终究化为泡影。

年代（公元）	作者	作品	特色
1911	岛崎藤村	《新生》	内容主要是以自传体叙述了和外甥女的不伦恋，之后被她的父亲发现，并试图掩盖秘密。然而社会大众认为用写作将此行为正当化是可耻并且粗俗下流、败坏风气且不可原谅的。
1911	武者小路实笃	《天真的人》	写一个在恋爱上遭受打击的青年，直到他所爱的女子和别人结了婚，他还相信对方是爱自己的，表现出强烈的生命力。
1913-1941	中里介山	《大菩萨岭》	以幕府后期为故事背景，讲述一位剑客从大菩萨岭出发，旅途中的种种经历。
1915	德田秋声	《粗暴》	作者在作品中塑造了许多不同类型的女性形象，如《粗暴》中不甘心处于附庸地位而进行反抗的阿岛。他善于表现平民生活，揭露社会的黑暗。
1916	森鸥外	《高濑舟》	一部脱离历史的历史小说，写一个犯人在囚船上讲述自己人生经历的故事。

年代（公元）	作者	作品	特色
1916	森鸥外	《寒山拾得》	以中国历史人物寒山（和圣）与拾得（合圣）——又被称为"和合二仙"的故事为题材，写成的短篇小说。
1917	志贺直哉	《和解》	自传体小说，描写主角与父亲和解的过程。
1919	有岛武郎	《一个女人》	描述一个女人在20世纪初的生活中，生存的矛盾与挣扎。
1920	武者小路实笃	《友情》	作品中塑造了追求爱情、不断拼凑完整的自我，积极捍卫自己的主张、追求理想生活的人物形象，表达了战胜命运、冲破世俗，就能赢得爱情、回归自我的理想主义。
1921-1937	志贺直哉	《暗夜行路》	作者唯一的长篇小说，写作时间长达十八年，也是他创作生涯的巅峰之作。
1923	横光利一	《太阳》	描写上古时代，有许多王子把美丽的耶马台国女王卑弥呼比作太阳，而拜倒在她的裙下的故事。他发表完这部小说后，奠定了在文坛的地位，并被视为新感觉派的代表。

年代（公元）	作者	作品	特色
1923	江户川乱步	《二钱铜币》	作者在书中巧妙使用暗号，确立日本推理小说之名（原名为侦探小说，在江户川之后统一称为推理小说）。
1923	江户川乱步	《心理测验》	作者以心理分析手法，解开书中犯罪之谜。
1923-1927	白井乔二	《站在富士的影子》	以1802到1873年为背景，讲述两大家族的斗争与兴衰。
1925	江户川乱步	《屋顶的散步者》	故事以20世纪的东京为主要舞台，讲述一宗离奇的杀人事件，后来发现杀人犯就是每天偷窥别人生活的主角。
1925	江户川乱步	《人间椅子》	其内容是一个男人，被女作家长期囚禁在黑色椅子里。两人一起生活，甚至是相亲相爱的，他们老是隔着椅子互相抚摸对方的躯体，是一个无比诡异的故事。
1926	江户川乱步	《帕诺拉马岛绮谭》	讲述主角冒用别人的身份，利用死者的家产建了一座人间乐土，但他的妻子一直怀疑他的真实身份，最后他把妻子杀了并自杀的故事。

年代（公元）	作者	作品	特色
1926-1929	吉川英治	《神州天马侠》	以武田胜的遗孤伊那丸为主角，讲述武田家灭亡后，伊那丸以忠义七士的身份，为了振兴武田家，踏上旅途，从京都出发，一路上发生的冒险故事。
1927	芥川龙之介	《齿轮》	作者于同年服毒自杀，这部作品为作者遗稿中唯一的纯小说，以第一人称完成，剧情中主角能看到齿轮，不断被头痛所扰，对生活感到绝望、彷徨，后人推测这就是当时作者的处境。
1927	川端康成	《伊豆的舞女》	川端康成的成名短篇小说，曾先后六次被搬上大银幕。
1927	林不忘	《新版大冈政谈》	一本时代小说，内容为英雄丹下左膳的冒险故事。
1927-1933	吉川英治	《鸣门秘帖》	秘密潜入阿波组织，欲解开谜团的青年，巧妙地阻止了阿波藩士的战争，是一部融合冒险与爱情的故事。

年代（公元）	作者	作品	特色
1928	谷崎润一郎	《卍》	卍（"万"字）指两男两女、同性异性间彼此纠缠不清的爱欲，也是女主角园子对于四人爱情悲剧的万言自白书。作者以令人窒息疯狂的耽美恶魔主义，表现丰饶的官能之美——即便败德，也要歌咏爱情。
1928	子母泽宽	《新选组始末记》	以幕府末期为背景，记述新选组相关人物的故事。后被翻拍成电影，并设计为游戏，如知名游戏《薄鬼樱，新选组奇谈》的故事发展主要参考本著作而成。
1928	长谷川伸	《沓挂时次郎》	讲述主角为了报恩，前往斩杀素不相识的流氓，事后才知道，自己居然被利用，帮了奸人的忙，于是护送流氓的妻小回娘家，途中发生的故事。
1928	江户川乱步	《阴兽》	全书充斥令人坐立难安的扭曲心理，悬疑性强又使人情绪紧绷。当读者以为了解事件的真相时，作者又让故事大逆转，结构精巧令人赞叹。

年代（公元）	作者	作品	特色
1929	岛崎藤村	《拂晓前》	以"黑船来袭"的幕府末期到明治维新为背景，描写当时人的生活与心理变化，是作者晚年的巨著。
1929	大佛次郎	《赤穗浪士》	以元禄赤穗事件为背景写成的小说，多次被改编成电视剧及电影。
1929	佐佐木味津三	《旗本无聊男子》	书中主角出身于德川军的直属家臣团出身，以"诸羽流青眼崩溃"无敌技能打遍天下，武艺高超并懂兵法。但是，在祥和的社会发挥不了作用，因此从小到大的口头禅就是"无聊，我根本派不上用场"。却因着高超剑术及头脑，解决了许多事情。
1929	江户川乱步	《蜘蛛男》	蜘蛛男接二连三绑架年轻貌美的女性，再以令人发指的方式分尸。但警方完全无法掌握他的行踪，这时犯罪学者出现，与蜘蛛男展开一场正义对决。
1930	横光利一	《机械》	一本重视剖析人类心理的长篇小说，也是他从新感觉转向新心理主义的标志。

年代（公元）	作者	作品	特色
1930	江户川乱步	《黄金假面》	一个杀人狂，一个盗窃古董的罪犯和一个聪明的私家侦探，展开了一场殊死对决。
1930	大下宇陀儿	《蛭川博士》	作品发表后受到注目，成为当代知名的侦探小说代表作家。
1931	直木三十五	《南国太平记》	描述因萨摩宗家藩主而起的由罗骚动事件的始末，是作者的代表作。
1932	武田麟太郎	《日本三文钱歌剧》	以下层社会的风俗和人民悲欢为主的市井小说，内容多揭露丑恶的社会现实。
1935	梦野久作	《脑髓地狱》	书中以涉及精神病学的内容备受瞩目，被誉为日本推理小说四大奇书之一。

年代（公元）	作者	作品	特色
1935	小栗虫太郎	《黑死馆杀人事件》	建造黑死馆的算哲博士死后大约一年,算哲博士的养女在黑死馆死亡,死后更出现离奇尸光。负责调查的法水发现黑死馆的建筑上包含了大量的咒语学、暗号学等知识,当中包藏了建筑设计师对算哲博士的诅咒。同时,法水更发现算哲博士收养四名养子、养女,目的只是为了证明犯罪的倾向会遗传到拥有特殊体质的下一代。
1936	海野十三	《地球盗难》	内容为一位正在休假的学者,无意间发现巨大甲虫,因而被卷入许多离奇事件的故事。
1936	长谷川伸	《脸之母》	著名的戏曲作品。
1936-1939	吉川英治	《宫本武藏》	以剑豪宫本武藏的故事题材,着重描绘他剑禅合一的精神,作品一出版即大受好评,是日本时代小说的代表作之一。
1937	海野十三	《晚上六点的音乐浴》	讲述一个国家的总统为了让人民服从他,规定每天晚上六点所有人都要边听音乐边泡澡,是一部探讨人性的作品。

年代（公元）	作者	作品	特色
1937	永井荷风	《濹东绮谭》	讲述了主角大江匡为了写一部题为《失踪》的小说，深入玉井（今东京墨田区）的私娼街搜集素材。
1937	川端康成	《雪国》	川端康成的第一部中篇小说，它也是作者在被授予诺贝尔文学奖时，被评奖委员会提到的三部小说之一。
1937–1938	久生十兰	《魔都》	故事内容以到日访问的安南国王失踪为开端，引起的一连串杀人事件。
1938	木木高太郎	《折芦》	作者以丰富的思想创作完成这部作品，内容曲折而引人入胜，是作者著名的长篇小说。
1939	武者小路实笃	《爱与死》	一部悲剧爱情故事，后来被改编成电影《生死恋》。
1940	织田作之助	《夫妇善哉》	描写有钱人家的少爷与艺伎私奔后，被逐出家门，两人一起生活的故事。因故事非常受欢迎，在日本被翻拍成电视剧高达十一次之多。

年代（公元）	作者	作品	特色
1941	德田秋声	《缩影》	被誉为现代日本文学的一个高峰。作品描写卖身女艺人银子艰辛的一生，对日本的战争政策流露出不满，曾遭内阁情报局查禁而被迫搁笔，最后仅写到八十回被迫中止。
1941	长谷川伸	《一本刀土俵入》	以报恩为主题的因果故事。
1946	野间宏	《阴暗的图画》	采用意识流手法，以主人公回忆的形式，描写"七七事变"前后，京都大学几个学生参加进步活动被捕惨死狱中的故事，表现了对军国主义的愤恨。
1946	埴谷雄高	《死灵》	以故事的方式，探讨形而上学的思考脉络。原本预计共十二章，但作者写到第九章时因病过世。1976年曾获日本文学大奖。
1946	横沟正史	《蝴蝶杀人事件》	故事以歌剧《蝴蝶夫人》演出重要的女高音失踪开始，之后被发现已死亡，发展出的纯推理小说。作者以侦探金田一系列著名，金田一遂成为日本推理小说史上三大名探之一。

年代（公元）	作者	作品	特色
1947	太宰治	《维荣的妻子》	以一对形成鲜明对比的夫妇为主轴，丈夫非常颓废、无能，妻子却贤惠美丽充满包容心。作品中以细腻的心理描写和幽默的表现手法见长，堪称太宰治的代表作。此外，男主角的性格以及生活态度，都有太宰治的人生缩影。
1947	太宰治	《斜阳》	故事背景为二次大战后的日本，描述的是二次大战后混乱的社会下，一个贵族家庭的没落过程。小说以角色间互通书信的形式所写成。
1947	椎名麟三	《深夜的酒宴》	为作者的成名代表作。全文以现实主义笔法写成，整部作品都围绕在"现实束缚，得到自由"的渴望中。

年代（公元）	作者	作品	特色
1947	横沟正史	《狱门岛》	在从战地返乡的船上死去的鬼头千万太在临终前，请求战友金田一前往故乡狱门岛，拯救三个妹妹的性命。金田一耕助在抵达狱门岛后，就在千万太守灵夜，千万太的妹妹却相继身亡，金田一与当地警察合作，追查真凶。曾多次被改编成电影与电视剧，被公认为日本推理文学史上的经典名著。
1947-1971	野间宏	《青年之环》	创作时间长达二十二年，是作者最长的一部小说，获谷崎润一郎奖。
1948	谷崎润一郎	《细雪》	内容描述出身上流社会的四姐妹各自的命运，获每日出版文化奖及朝日文化奖。
1948	太宰治	《人间失格》	于二战后出版至今于日本热销六百万本，超过夏目漱石的《心》。是太宰治的遗作，亦可说是太宰治本人的自传，主角就是以太宰治本人作为原型。
1948	大冈升平	《俘虏记》	主要描述战俘营中的生活和战俘的心理表现。荣获第一届横光利一文学奖。

年代（公元）	作者	作品	特色
1948	椎名麟三	《永远的序章》	作者通过该作品传达：死亡是绝对的，人在活着的时候，永远都是序章。
1948	高木彬光	《刺青杀人事件》	作品发表后备受注目，其笔下的名侦探神津恭介也被称为日本三大名侦探之一。
1949	大佛次郎	《归乡》	描写一名亡命军人战后归国复去国外，批判日本社会的混乱状态。
1949	横沟正史	《八墓村》	以津山三十人屠杀事件为底本写成的推理小说。
1949-1954	川端康成	《山之音》	荣获第七届野间文学奖，曾多次被搬上大银幕。
1950	谷崎润一郎	《少将滋干之母》	少将滋干之母是个美女，因家道中落，嫁给年长五十岁的老公。虽受到老公万般宠爱，但她仍韵事不断，终致发生在家宴上情人来抢人的丑闻。评论家龟井胜一郎认为《少将滋干之母》是谷崎文学所有要素之综合，最高之结晶。

年代（公元）	作者	作品	特色
1950	大冈升平	《武藏野夫人》	内容为日本二战后受美国影响引进西方民主制度对社会的冲击。故事以两对通奸男女为线索，旨在抨击日本通奸罪废除后的不良影响。
1951	松本清张	《西乡纸币》	为作者的处女作，并获选为直木奖候补作品，曾入选《朝日周刊》的"百万人爱读的小说"奖。
1951	松本清张	《某"小仓日记"传》	本书荣获第二十八届芥川文学奖，以日本福冈县的小仓市为舞台，根据森鸥外在小仓市担任军医时的日记，写成的短篇小说。
1951	安部公房	《墙——S·卡尔玛氏的犯罪》	采用现实与梦幻倒错的手法和出人意料的角度，创造出离奇的效果，揭示了人类自我身份在现代社会中被吞噬、同化和架空，以及从邪恶势力下逃脱的艰难。同时获得芥川文学奖及石川利光文学奖。

年代（公元）	作者	作品	特色
1951-1957	吉川英治	《新·平家物语》	除了取材于《平家物语》之外，还参考了《保元物语》《平治物语》《义经记》《玉叶》等经典名著，描述源平二氏、藤原氏与天皇及贵族盛衰的历史长篇著作。
1952	大冈升平	《野火》	本作品主要描述二战时日本社会的实际状况，受到全世界读者的一致好评，并获得读卖文学奖。
1952	野间宏	《真空地带》	作者的第一部长篇小说，该书仍以反战为主题，有力地揭露了法西斯军队内部的黑暗腐败。
1952	五味康佑	《丧神》	本作出版后，于日本掀起了一阵剑豪的热潮，获得第二十八届芥川文学奖。
1953	安冈章太郎	《忧虑的娱乐》	作者的短篇小说，获得第二十九届芥川文学奖。
1954	安部公房	《饥饿同盟》	主要描述社会掌权者的腐败与黑暗。
1954	吉行淳之介	《骤雨》	轻松地描写与妓女交往微妙的精神感受，获得第三十一届芥川文学奖。

年代（公元）	作者	作品	特色
1954-1958	山本周五郎	《留下的枞树》	以江户时代的历史事件伊达骚动为主题写成的长篇小说，获得每日出版文化奖。
1955	小岛信夫	《美国学校》	内容为一位到美国学校实习的日本老师因文化差异而出丑的故事，实为讽刺二战后日本与美国的关系，获得第三十二届芥川文学奖。
1955	庄野润三	《泳池畔的小景》	重点描写日常生活，获得第三十二届芥川文学奖。（与小岛同年获奖）
1955	远藤周作	《白色的人》	以一个出生于法国里昂的法、德混血儿，从第一人称自述的主角"我"所发展之邪恶的人性与堕落过程，探讨西方传统中的基督宗教信仰对人的意义，获得第三十三届芥川文学奖。
1955	远藤周作	《黄色的人》	此书通过描写黄色人种千叶与白人布朗和都兰神父对神的观念，探讨日本人与西方人对神的接受、罪的意识的不同、与对基督宗教的距离感等问题。

年代（公元）	作者	作品	特色
1955	石原慎太郎	《太阳的季节》	石原慎太郎在一桥大学法学部读书时发表的短篇小说。同年拿下第一届文学界新人奖，次年拿下第三十四届芥川文学奖。
1955-1956	子母泽宽	《父子鹰》	讲述江户时代后期，德川军的直属家臣团和市井小民生活反差。在这个故事里，主角小吉不喝酒、不玩女人，更不赌博，在市井里凭着华丽的剑法与强烈正义感，获得百姓喜爱，刻画出深受江户穷人爱戴，不贪名利的武士形象。
1956	松本清张	《脸》	松本清张的短篇小说，内容讲述一位女明星走红后，为了隐藏过去不光彩的一面，走上了歧途。
1956	谷崎润一郎	《钥匙》	日本名作家后藤明生说，《钥匙》堪称谷崎润一郎经典作前三之一，"置于世界文学之中，亦属杰作"。1997年日本导演池田敏春把《钥匙》搬上银幕。

年代（公元）	作者	作品	特色
1956	三岛由纪夫	《金阁寺》	本书为作者取材于1950年大谷大学的学生引火自焚，导致金阁寺被焚毁，震惊全日本的社会案件。
1956	鲇川哲也	《黑色皮箱》	作品发表后，获得讲谈社举办的"侦探小说全集征文"首奖，因而声名大噪。
1957	吉行淳之介	《暗室》	回忆祖母写成的自传式小说。
1957	五味康佑	《柳生武艺帐》	详述柳生一族经过关原之战后，德川幕府成立，以其新阴流兵法及其与根来忍者众的关系。在前三代将军时代纵横全日本，掌握幕府实权，外传柳生家有三本武功秘籍，各路人马争夺武功秘籍。曾改编为电视剧。
1958	松本清张	《监视》（The Chase）	根据1955年的社会事件改编而成的短篇小说。
1958	松本清张	《点和线》	日本著名推理作家松本清张三大名作之一，日本《推理文学》最佳推理小说第一名，入选英国《卫报》"亚洲十大推理小说"。

年代（公元）	作者	作品	特色
1958	星新一	《喂——出来！》	一本短篇合集，收录他在知名科幻杂志《宇宙尘》上发表的作品。
1958	远藤周作	《海和毒药》	以二战期间日军将抓来的美军俘虏作为临床实验对象为题材创作的小说。获得第五届新潮社文学奖、第十二届每日出版文学奖，并被翻拍成电影。
1958	山田风太郎	《谁都能杀人》	讲述主角搬到新家后，捡到一本小册子，上面写着历任租屋者对生活的欲望、憎恨，是一本讨论人性欲望的书。
1958	大江健三郎	《饲育》	故事描述在日本山间仿如乌托邦的小村，一场坠机巧妙地影响了整个村落，村里的男人从坠机中逮到一名黑人，将他关入仓库的地窖，全村都要养着这名黑人士兵。实际上，村民养的不是黑人，而是那蠢蠢欲动、即将降临的"变化"。本书获得第三十九届芥川文学奖。

年代（公元）	作者	作品	特色
1958	山本周五郎	《红胡子诊疗谭》	以江户中期知名的小石川赡养院为背景，讲述从长崎来的主角救世济人的故事。
1959	松本清张	《零的焦点》	以二战后的日本北部为舞台，描写一件因时代变动触发的连续杀人事件。2009年再次被翻拍成电影，由广末凉子担任主角。
1959	安部公房	《第四间冰期》	作者的长篇科幻小说，讲述一位博士开发出预言机器，试图改变主角人生的故事。
1959	安冈章太郎	《海边的光景》	为作者以自身经验写成的自传式小说，获得野间文学奖。
1959	司马辽太郎	《枭之城》	安土桃山时代，受命暗杀丰臣秀吉的伊贺忍者葛笼重藏的故事。
1960	山本周五郎	《青舢板物语》	描述一位渔夫的故事。笔法独特，描绘出渔夫的智慧及平凡生活的恬静安适。
1960	柴田炼三郎	《红影法师》	在天皇举办的比武大赛中，胜利者像风一样出现，又像风一般离开，作者用天马行空的想象，写出关于无情的忍者"影"的故事。

年代（公元）	作者	作品	特色
1961	子母泽宽	《男鹰》	为作者人气作品《父子鹰》的完结篇,之后被翻拍成电视剧。
1961	司马辽太郎	《风神之门》	江户时代末期,伊贺同心的后裔、柘植信吾作为主人公的传奇小说。
1962	安部公房	《沙丘之女》	日本导演勅使河原宏在1964年将之改编成电影,并获得戛纳影展评审团大奖。
1962	国枝史郎	《茑葛木曾栈》	讲述的是时室町末期,曾为木国领主的爱妾鸟,密谋与痛恨的领主司僧一起在御岳山中反叛的故事。
1963	小松左京	《地球和平》	本著作曾获早川书房主办的第一届科幻小说竞赛努力奖。1963年下半年更进入直木奖决选。
1963	吉行淳之介	《砂岩上的植物群》	描述女主人公每当以为和她发生性关系的男人是已故丈夫的私生子时,就非常兴奋,反之则感到索然无味。这种违反伦常的通奸,反映了日本父系社会信念的衰落。

年代（公元）	作者	作品	特色
1963	野坂昭如	《黄色大师》	作者将性的主题以辛辣却又幽默的笔调呈现，因而受到文坛的注目。
1963	土屋隆夫	《影子的控诉》	在百货公司的电梯内，曾任私家侦探的校长被杀了，每个嫌疑犯都有完美的不在场证明。整个故事围绕在百草检察官努力搜索受害者的过去，以解开这个谜团。获得第十六届日本推理作家协会奖，并于2002年荣获第五届日本推理文学大奖。
1963	司马辽太郎	《坂上之云》	讲述日俄战争时期，以秋山好古、秋山真之、正冈子规三人为主角的故事，曾改编成电视剧。
1963-1966	司马辽太郎	《龙马来了》	讲述幕府末期，传奇人物坂本龙马的一生。
1964	吉行淳之介	《生活技巧》	描述一个男人如矿物般生活，连到了风月场所都不为所动，并写他眼中看到的欢场女子。是一部探讨人性与孤独的作品。

年代（公元）	作者	作品	特色
1964	松本清张	《野兽之道》	内容主要描述战后日本社会金字塔顶端及底层民众的生活对比，是松本推理系列中极有影响力的代表佳作，曾被改编为电影及电视剧。
1964	五味康佑	《一刀斋人生谈》	讲述一刀斋行走江湖的故事。
1965-1966	司马辽太郎	《盗国物语》	描述战国时代，斋藤道三与织田信长的故事。
1966	筒井康隆	《越南观光公社》	背景设定为一个任何人都能去火星旅行的年代，主角却坐着装甲车到越南度蜜月。以科幻的手法，表达对现实社会与战争的讽刺。
1966	远藤周作	《沉默》	以日本17世纪的历史为背景发展而成的历史小说。获得第二届谷崎润一郎奖。
1967	安部公房	《燃烧的地图》	故事内容是一位追查失踪者的私家侦探，在都市的迷宫之中渐渐地迷失了自我，小说中呈现的荒谬、疏离、死亡、伤害等情节，表明现代人的无知与游移不定。

年代（公元）	作者	作品	特色
1967	光濑龙	《百亿之晨与千亿之夜》	在这部小说中，希腊的哲人柏拉图、印度的王子悉达多、拿撒勒的救世主耶稣，他们察觉到世界破灭。于是，为了人类的存亡，跨越数千亿年的宇宙，一起挑战那股足以毁灭地球的未知力量。
1967	大江健三郎	《万延元年的足球队》	内容讲述，小说主角鹰四反对日美安全条约受挫后到了美国，又回到自己的家乡，离群索居在覆盖着茂密森林的山谷里，效仿一百年前曾祖父领导农民暴动的办法，组织了一支足球队，鼓动"现代的暴动"的故事。诺贝尔文学奖评委认为它"集知识、热情、野心、态度于一炉，深刻地发掘了乱世之中人与人的关系"。
1967	丸谷才一	《竹枕》	主要描述一位为了逃避战争远行的青年，在旅途中带了一个竹枕，休息时会发出沙沙的声音，反倒让他不安。呈现战争时期人的迷惘与恐惧。获得河出文化奖。

年代（公元）	作者	作品	特色
1968-1981	小岛信夫	《分手的理由》	曾获日本艺术院奖，连载长达十四年，被评论家称为奇书。
1968	丸谷才一	《残年》	探讨人"生、老、病"及未知的世界，获得第五十九届芥川文学奖。
1968	海音寺潮五郎	《天与地》	本书为描述日本大名上杉谦信的历史小说，曾数次被拍成电视剧。
1969-1972	色川武大	《麻雀放浪记》	描写日本东京战后废墟中，一群嗜赌如命的赌徒间的故事，在方城之战中，道尽人性百态。
1973	小松左京	《日本沉没》	书中假想日本列岛因地壳大变动而沉入海底。出版后轰动日本社会，销出四百万册。此书获得第二十七届日本推理作家协会奖，并由东宝公司改编成电影。
1973	半村良	《产灵山秘录》	作者以此作品获得第一届泉镜花文学奖。
1973	安部公房	《箱男》	通过一位总是用纸箱套着头的迷惘男子的生活，呈现都市生活的绝望与彷徨，是一部充满幻想却贴近现实的作品。

年代（公元）	作者	作品	特色
1973	色川武大	《胜负师传说》	描述一群居无定所、嗜赌如命的"行家"，沉迷于方城之战而无法自拔。
1975	半村良	《异雨》	作者以本书获得第七十二届直木奖。
1976	司马辽太郎	《空海的风景》	是一部关于平安时期空海大师的故事。
1977	村上龙	《接近无限透明的蓝》	作者大学时完成的作品，讲述一群在军事基地生活的都市年轻人，吸毒、滥交等行为。获得第十九届群像新人文学奖。
1977	野坂昭如	《美国羊栖菜》	内容为日本被占领下的社会百态。
1978	筒井康隆	《富豪刑警》	内容为主角神户大助，利用大富豪父亲的巨额资产解决各种案件。于2005年改编为电视连续剧。
1978	日影丈吉	《内部的真实》	杀人悬疑小说，为作者长篇小说的代表作之一。
1978	色川武大	《离婚》	著作中结合现实与科幻，最后故事中的主角对人性不信任，选择自杀。获得第七十九届直木奖。
1979	田中小实昌	《浪曲师朝日丸的故事》	为作者的短篇小说，获得第八十一届直木奖。

年代（公元）	作者	作品	特色
1979	田中小实昌	《关于耳朵》	获得第八十一届直木奖。
1980	村上龙	《寄物柜里的婴孩》	该书以当时日本的寄物柜婴儿遗弃事件为底本，于1981年获得第三届野间文坛新人奖。
1981	安冈章太郎	《流离谭》	从历代先人的日记及书信取材，讲述历史上安冈家族的兴衰，是一部长篇历史小说，获得日本文学大奖。
1981	井上厦	《吉里吉里人》	以日本东北一穷乡僻壤为背景的政治科幻作品，曾获日本科幻大奖。
1982	色川武大	《百》	内容讲述一位曾当过军人、年近百岁的父亲与生活糜烂的儿子之间微妙的亲子关系。获得第九届川端康成文学奖。
1982	佐佐木味津三	《右门捕物帖》	剑客近藤右门工作的故事，是部历史推理小说。主角因为不爱说话被称为"闷不吭声的右门"。
1983	岛田雅彦	《献给温柔左翼的嬉游曲》	本作品发表后，作者立刻受到注目，并入围芥川文学奖。
1984	筒井康隆	《虚航船团》	以童话的方式讽刺世界史。
1984	丸谷才一	《什么是忠臣藏》	一本极富好评的文艺评论作品，获第三十八届野间文艺奖。

年代（公元）	作者	作品	特色
1985	村上春树	《世界尽头与冷酷仙境》	小说结构由两个似乎完全不相干的故事情节组成，两条情节交叉平行地展开。单数二十章为"冷酷仙境"，双数二十章为"世界尽头"。两个故事看似各不相干，但细览之下，便会发现两个故事中的"我"本质上是一个人的两面。本书一直被认为是作者最杰出的小说，获得当年的谷崎润一郎奖。
1987	村上龙	《爱与幻想的法西斯》	以猎人和宣传天才的组合，批判日本的经济体系。
1987	村上春树	《挪威的森林》	一部激烈、寂静、哀伤，百分百的爱情小说。采用第一人称及对话的方式书写。改编成电影后，曾入围竞逐第六十七届威尼斯国际电影节的最高殊荣金狮奖。
1988	色川武大	《狂人日记》	陈述从灵魂感到孤独的男子，四处呼救都没有人理会，最后走上绝路。获得读卖文学奖。
1990	井上厦	《四千万步之男》	说一个日本人徒步走遍全日本，一共走了四千万步的故事。

年代（公元）	作者	作品	特色
1992	岛田雅彦	《彼岸先生》	以第一人称写作方式，叙述十九岁的主角与三十九岁的俄语老师微妙的师徒关系。获得第二十届泉镜花文学奖。
1993	大坪砂男	《天狗》	短篇小说《天狗》由作者艺术品经销时期的朋友佐藤推荐，在《宝石》杂志发表。此书后成为其代表作品。
1993	丸谷才一	《妙龄女》	描述一位女专栏作家，在四十岁时得到她梦寐以求的工作，到报社当社论评论员。写实地描述政治、媒体不为人知的另一面，之后被翻拍成电影。
1994	远藤周作	《狐狸庵闲话》	作者自称"狐狸庵山人"，本作品为其随笔，文字虽轻松幽默，却可见作者的孤独与对世事的嘲讽。
1994-1995	村上春树	《奇鸟行状录》	村上春树篇幅最大的小说三部曲之一。本书色彩诡异，规模宏大，虚实交叉，被称为当代的《一千零一夜》。

年代（公元）	作者	作品	特色
2002	村上春树	《海边的卡夫卡》	主角自称田村卡夫卡，他在十五岁生日前夜独自离家出走，乘坐夜行长途巴士远赴四国。出走的原因是为了逃避父亲所作的比俄狄浦斯王还要可怕的预言：尔将弑父，将与尔母、尔姐交合。
2000-2009	岛田雅彦	"无限的卡农"三部曲	一部非常浪漫、催人泪下、读后又让人掩卷深思的大作，更是完美结合政治、文学、娱乐的作品。
2006	海音寺潮五郎	《西乡隆盛》	作者多次写关于西乡隆盛的历史故事，不过最后一部因病逝世而无法完成，后来出版社整理作者所有关于西乡隆盛的历史故事，编成一册，里面蕴含作者丰厚的历史观点。
2008	国枝史郎	《神州纐缬城》	以武田信玄的爱将得到一块受诅咒的布为起点，用华丽的文藻写出怪诞的内容，为作者的代表作。

年代（公元）	作者	作品	特色
2009-2010	村上春树	《1Q84》	作品在日本上市一周，销售突破六十五万册，刷新历史纪录。上市十二天，销售突破一百万册，创达成一百万册最快纪录。荣获2009年日本"年度最畅销图书"第一名。
2010	井上厦	《一星期》	以1946年的苏军战俘营为背景，讲述共产党员在一周内起伏动荡的人生。本作品于作者死后才发表，堪称他最具代表的遗作。
2013	村上春树	《没有色彩的多崎作和他的巡礼之年》	这部小说讲述一个三十六岁痴迷于铁路的工程师，重新掌握自己人生的故事，作品描绘了主人公多崎作努力克服内心深处幽暗部分中的失落感与孤独绝望，展现并歌颂了主人公的坚强。本书初版发行达五十万册，是日本文艺春秋出版社史上首印发行量最高的单行本。